I WANT YOU JUST SAY YES!

教你[**謀定而後言**]的101則攻心關鍵策略

讓人無法說No的攻心說話術

懂得說話的智者，他說的話像〔**鑰匙**〕和〔**密碼**〕，簡單幾個字，就能滿足人們的需要或解決人們的問題。愚者說的話，卻像噪音，話多煩人又讓人聽不出重點。你要當智者？還是愚者？關鍵不在於說話，而在於你懂不懂得〔**攻心**〕。

本書揭露商場上談判及危機處理時，運用的實戰說話策略和攻心戰術，同時也蒐集了世界名人的攻心說話實例和寓言故事，在精彩故事中讓你得到〔**攻心為上**〕的啟示和學習如何精準攻擊對方的〔**死穴**〕，讓你〔**謀定而後言**〕，掌握致勝的關鍵。

公關策略專家 羅毅 著

智·言·館

策略智謀 005

讓人無法說NO的攻心說話術

作　　者／羅毅
出 版 者／智言館
責任編輯／陳喬安
封面設計／黃聖文
電　　話／(02)2351-0260　傳　　真／(02)2322-3891
劃撥帳號／19650094 彙通文流社有限公司
製　　版／嘉欣印刷製版有限公司

發　　行／松果体智慧整合行銷有限公司
電　　話／(02)8667-5481

總 經 銷／彙通文流社有限公司
23150新北市新店區中央五街42號
電話／(02)2218-2708 傳真／(02)8667-6045
讀者意見信箱／service@3eyeintegrated.com
訂書信箱／sdn@3eyeintegrated.com
香港經銷商／〔時代文化有限公司〕九龍旺角塘尾道64號龍駒企業大廈3樓C1室
〔一代匯集〕九龍旺角塘尾道64號龍駒企業大廈10樓B&D室
〔香港聯合零售有限公司〕新界大埔汀麗路36號中華商務印刷大廈

2004年 5月　初版一刷
2011年 1月　二版七十刷

國家圖書館出版品預行編目資料

讓人無法說NO的攻心說話術：教你[謀定而後言]的101則攻心關鍵策略／ 羅毅 作. --初版. --[臺北縣新店市]：智言館, 2004[民93]
面；　　公分. --（策略智謀；5）
ISBN 957-29609-0-3（平裝）
1.口才　2. 應用心理學
192.32　　　　93005645

智者說的話，

像鑰匙和密碼，簡單幾個字，

就解開人們的疑惑。

愚者說的話，

卻像噪音，

話多煩人又讓人聽不出重點。

你要當智者？還是愚者？

關鍵不在於說話，

而在於你懂不懂得

〔攻心〕。

〔自序〕攻心，才是說服成敗關鍵

台灣有一位知名的〔討債專家〕說，這世界上有三種人的債最難討，就是民代政客、警察和黑道，不過，他都有辦法討得到，因爲他深知他們的弱點：民代政客怕醜聞，警察怕被告，黑道怕人情。只要掌握了他們的弱點，一樣乖乖聽話。

這位〔討債專家〕可說是如假包換的〔攻心專家〕。他的這席話，也點出了本書的主題：〔攻心為說服之本〕。

也就是說，〔攻心〕才是本書的真正主題，〔說話〕其實只是技巧而已。懂得〔攻心〕，不要說討債了，你要的事業、訂單、財富、愛情和人生幸福，都可以一手到擒來。

很多人都以爲，那些談判高手或是說服專家，都是口才流利、能言善道的人，其實不然，只有懂得〔攻心〕說話才是談判或是說服成敗的關鍵。

包括美國聯邦調查局和知名國際公關公司在內的許多談判高手都表示，要說服一個人，口才不是重點，攻心才是關鍵。

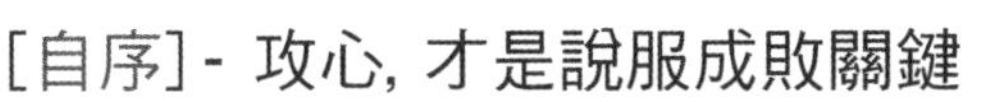

[自序]- 攻心, 才是說服成敗關鍵

美國聯邦調查局一位專門側寫罪犯人格和心理的探員，多次突破重大罪犯的心防，因而偵破了不少重案；當記者訪問他時，他竟然是個不善言詞的人，他的話不多，卻每個字都很精準且有力量，他告訴記者，他不是個辯才無礙的人，而要盤問罪犯，靠的也不是口才，而是攻心策略。

在談判和協商戰場上，你的話是子彈，而對方的心理弱點和需求，是唯一的目標靶；如果瞄不準靶子，或是根本看不到靶子，儘管妙語如珠、說話像機關槍，也是浪費子彈。

這時候，不如找一位狙擊手，只要一顆子彈，正中靶心，勝過亂槍打鳥。

攻心，正中對方的罩門，找出對方恐懼的關鍵，滿足對方的需求，你就可以擁有你想要的結果。

遺憾的是，很多人都以爲所謂的談判高手，說話就要像機關槍一樣，事實上，話愈多的人，思考就愈少，而且說話太多太快，對方根本也無法吸收，純粹是浪費口水和力氣，對談判結果和說服任務一點助益也沒有。

這本書的重點和特色，也就是和其他談判書或說話術的書不同處，在於本書不談太多的賣弄嘴皮子的花招，也不刻意強調要怎麼說話怎麼流利才能說服人家等等這

類外在技巧；本書主要的重點，在於讓讀者知道如何去攻心？如何抓住對方的心理罩門或死穴？如何分析對方心理需求等等心理學上或人性分析上的原理，徹底從〔心〕去掌握優勢，不浪費子彈，以最小成本就可以達成任務。

畢竟，在現實殘酷的商場談判，或是各種利害關係環環相扣的複雜人際關係中，〔**謀定而後言**〕的攻心說服術，愈來愈重要；因爲，你只要說錯一句話，就會騎虎難下，反勝爲敗，甚至一敗塗地。

相反的，只要你說對話，甚至只是一句話，也可能反敗爲勝、化危機爲轉機。

至於，這一句話是否說對說錯，關鍵就在於〔**攻心**〕。只要你有心，相信本書豐富的實例和各種技法，對你的說服功力，必有莫大助益。

[目次] CONTENT

CONTENT- 目次

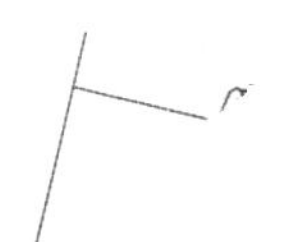

CONTENT- 目次

CONTENT- 目次

【5】說服各類女性的心理技巧

SECTION-1

看故事，
學〔攻心〕說話策略

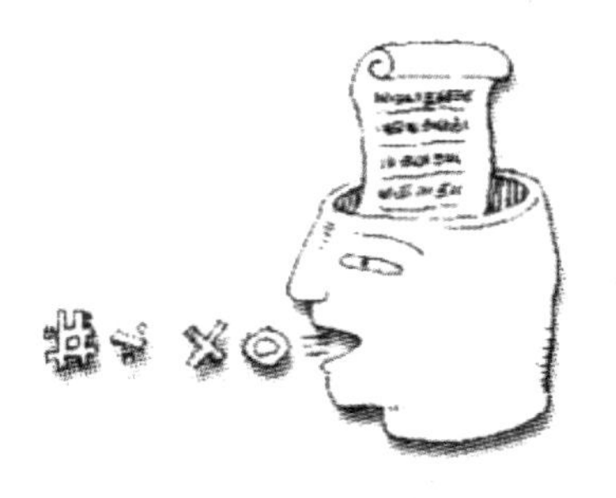

【001】叫人家去〔送死〕的說服策略

有沒有想過，當你要說服一個人去送死，你該用什麼樣的策略去〔攻心〕呢？或許你覺得人人都怕死，要去說服人家〔送死〕，幾乎是不可能的事；然而，卻有人只靠一席話就達成任務。

第二次世界大戰期間，美國因為參戰而必須動員大批青年服兵役，但多數美國青年過慣了舒適生活，擔心自己的生命會驟然消失，紛紛抵制美國五角大廈發出的徵召令。其中，俄亥俄州的地方行政長官已經是第五次被參謀長聯席會議主席訓斥得灰頭土臉。

他表示：他已經說得口乾舌燥，卻仍然無法說服那些懦弱且意見紛雜的青年。正當他焦頭爛額之際，有人向他介紹一位大名鼎鼎的心理學家。

這位心理學家經過一番精心準備之後，信心十足地來到募兵現場。當他面對台下東張西望的青年，先沈默了五分鐘，然後用渾厚的男中音開始進行演講。

「親愛的孩子們，我和你們一樣，特別珍惜自己的生命。」

青年們見他頗有學者風度，說話又切合自己的胃口，便開始安靜下來聆聽。

「首先我要提醒大家，熱愛生命是無罪的，因爲，我們每個人都只有一條生命。憑良心說，我同樣反對戰爭、恐懼死亡，如果要求我到前線去，我也會和大家一樣想逃避這項命令。」

「但是，我也存在另外一種僥倖心理，假如我服兵役，可能只有一半的機率會上前線作戰，因爲也有可能會留在後方。即使上了前線，我作戰的可能性同樣也只有一半，因爲說不定我會成爲某長官的左右手而留在安全地區。萬一我不幸必須扛起槍，受傷的可能性仍然只有一半。即使不幸掛彩，如只有輕傷也不致受到死神的召喚。因此，我實在沒有擔憂的理由。如果是重傷，或許在醫生的幫助下也有可能逃離地獄的鬼門關；就算真的運氣不好，如果我不幸爲國捐軀，親人和朋友也將替我感到驕傲，我的父母不但會受頒一枚最高勳章，還有一筆數量可觀的撫恤金和保險金。鄰居小孩子們會以我是英雄，把我當成偶像來崇拜。而我，一位偉大的戰士也進入天堂，來到慈祥的天父身邊，說不定還會見到萬人敬仰的華盛頓將軍。」

聽完這段演講，本來極力抗拒上戰場的青年們，紛紛表示願意賭一賭，或者是想

當英雄，或者是有人家境不好，萬一出事可領巨額撫恤金。

就這樣，心理學的一席話，攻下了青年們的心理弱點，讓他們成功地被說服。

實際上，這位心理學家只是發揮他善於操縱別人情感的特長而已。如同催眠師一般，他先瓦解敵人堅固的防禦心理，進而掌握青年潛意識下的心理需求，然後將他們一步步引入預先佈下的網路中，然後巧妙地操縱對方情感，使其輕易就範。

如果你在說服別人的過程中，特別堅持自己的主張和觀點，試圖使自己徹底擊潰對方而占得上風，對方反而會加強防範、頑固對抗，反而適得其反。

這時你應該先順應對方的意思，肯定對方的想法，再有意無意地以偽裝過的說法表達自己想說的話，才不會讓對方發現你的意圖。

一位非常知名的律師替人辯護，由於這宗命案牽涉到許多高層人物，還沒有正式審理就顯得錯綜複雜。

在這種情況下，他如果真替無辜的被害人討回公道，說不定自己馬上會遭到不測，如俗話所說的：「明槍易躲，暗箭難防」，因此他也是傷透腦筋，但是他也想出了一個自保的策略。

SECTION-1

看故事學［攻心］說話策略

開庭前，這位律師當著新聞記者和旁聽席上的觀眾說了幾句話：「如果今天我走出法庭後神秘失蹤或被謀殺，請各位從我今天的辯護內容去找出線索。如果我將來受到莫名的陷害或罪名，一定是有人懷恨在心而伺機報復。」

結果這段暗示性的宣言，上了報紙頭條，任憑對方多有權有勢，也不敢動這位律師的一根汗毛。

這位律師以置之死地而後生的語言技巧，扭轉了以後可能對他不利的局面，他同樣操縱了對方既想報復又想擺脫被人懷疑的心理，預先將對方的企圖當眾揭穿，自然也就保障了自己的生命安全。

【002】阿凡提的〔鍋子生孩子理論〕

阿凡提是維吾爾民族傳說中的神奇人物，他以風趣和機智著稱。他經常運用誘導的語言技巧，替平民百姓伸冤出氣，懲治那些貪心的巴依（巴依相當於古代漢民族中的財主），讓他們顧此失彼，吃盡苦頭。至今還有不少維吾爾人把阿凡提當作他們的救世主。

據說有一天，阿凡提到一位以吝嗇貪婪聞名的巴依家去借鍋子，那巴依當然不肯，最後是把阿凡提的小毛驢留下做抵押，才讓他拎鍋子出門。

第二天，阿凡提準時來還鍋子，並且還帶著一隻小鍋，巴依好奇地問：「阿凡提，你帶這個小鍋子來幹嘛？」

阿凡提故作神秘地說：「老爺，你昨天借給我的鍋是一隻懷了孕的鍋，今天早上我到你這兒來的時候，它剛好生了一隻小鍋，所以我一併帶來還給你啦！」

巴依當然不信鍋子會生孩子，他還以爲阿凡提是個蠢貨，爲了得到這只小鍋，他

裝模作樣地說：

「是啊！是啊！我昨天借給你鍋子時，它正懷著孕呢！」

然後讓阿凡提牽走了小毛驢，並假裝慷慨地說：

「阿凡提，今後不管你要借什麼東西，都儘管來借好了。」

從此以後，阿凡提每借一次東西，都會依樣還給巴依一件小東西，巴依臉上笑得合不攏嘴，心裏卻不停地嘲笑阿凡提。

過了半個月，阿凡提愁眉苦臉地對巴依說：

「巴依老爺，我的母親生病了，我想借你那口祖傳的金鍋去給母親煎藥。」

巴依一想到過幾天就有兩隻金鍋到手，便不顧一切，急忙地把金鍋借給阿凡提。

誰知這次阿凡提過了很久都沒來還鍋子，巴依等得不耐煩，決定親自上門去討回來。正準備出門，阿凡提急匆匆地跑進來，上氣不接下氣地說：

「巴依老爺，不好啦！你借給我的那只金鍋難產死了！」

巴依大吃一驚，瞪起眼罵道：「放屁，鍋子怎麼會死呢？」

阿凡提立即揚高聲音說：「巴依老爺，你既然相信鍋子會生小孩，那它爲什麼不會死呢？」

貪心的巴依被自己的無知和貪婪弄得啞口無言，不僅失去珍貴的東西，而且還成爲大家的笑柄。

聰明的阿凡提，顯然算得上是高明的說話大師。他先摸清對方的性格特點，然後欲擒故縱，誘使對方犯下錯誤，最後將他輕易地駁倒。

誘導對方失誤的說話術在運用時一定要先投其所好，掌握對方的心理弱點，讓對方自願走進陷阱而無法自拔。

例如，你想讓對方洩露某項商業機密，可以先找出對方感興趣的話題，引起對方的好感，待其削弱對你的防備心理，然後再伺機而行，一定能如你所願。

【003】不會說話，小事可以變成大麻煩

我有一個朋友是某地派出所的交通警員，他對我說，以他處理了十幾年的車禍事件來看，百分之九十的車禍，都是雙方都有錯而造成的，例如，有可能紅綠燈變黃燈時，甲要搶黃燈加足油門想衝過去，本來在等紅燈的乙一看黃燈，也就踩下油門，心想可以過去了，結果兩人就撞在十字路口的正中央，兩人吵來吵去，根本理不出誰對誰錯，反而結下樑子，變成了仇人。

事實上，據我這位警察朋友說，很多車禍的人身衝突，都是不必要的，都是﹁情緒﹂惹的禍。

如果當事人雙方都懂得﹁說好話﹂，很多意外都可以大事化小，小事化無，放了別人，也省了自己很多打官司的時間和精神，甚至是金錢。

因此，一旦你發生車禍時，當你發現兩人都沒錯，也都不對，就沒有必要發脾

氣跟人爭個對錯。

因爲，這時的對立和敵意都是來自情緒化的誤會，與其爲這模糊且無意義的情緒去爭理，不如動之以情，用誠意化解情緒上的敵意。

我有一位朋友，是潛能開發的演講專家，他不僅在國內受到很多企業和團體的歡迎，甚至常被邀請至馬來西亞和新加坡去演講。

有一次，他在下雨天開車，到了忠孝東路的某個路口，因擋風玻璃有雨水看不清，他明明瞄見燈號是黃燈，於是就踩了油門，跟了前面的車越過十字路口。

突然間，他的車子正前方撞上一輛摩托車，摩托車騎士叫了一聲摔到地上，他趕緊下車問對方的傷勢如何，對方卻對他破口大罵，說他闖紅燈違規，是存心要撞死他。

我的這位專事演講的朋友，抬頭一看，目前燈號確實是紅燈，這時他也百口莫辯，瞄了一下這位機車騎士，是個血氣方剛的年輕人，摩托車也是新的，判斷這位騎士應該不是惡意敲榨的歹徒，於是就上前扶起他，友善地說：

「先不要說誰對誰錯，你有沒有受傷．．？」

我的這位朋友絕口不提誰對誰錯，事後他說，這時對方正在鬧情緒，光是一直

爭誰對誰錯，不僅沒有意義，反而更會有理說不清，也會更加激怒對方；因此，他一直關心對方有沒有受傷，絕口不提誰對誰錯。

後來，騎士看了自己一下，發現沒有什麼大礙，也不知道要說什麼怔在原地，但怒氣似乎未消（根據人性法則，就算氣消了，也要找個台階下）。

這時，演講專家又開口說：

「既然人沒受傷，那你看這件意外要如何處理？我的意見是叫警察來處理，誰對誰錯自有公斷，後續問題我也會找保險公司來處理，總之，如果是我錯，我會負全責，只是可能要花你一點時間，先等警方做事故現場鑑定，然後再做筆錄，再等保險公司的人來談理賠，可能要花個五、六個小時……」。

果然，話還沒說完，他自己看了看車子，也沒什麼嚴重毀損，只是車頭有點刮痕，自己也不好意思，不敢直視我這位朋友，怔了幾秒後，又低著頭看看自己的車頭，說了一聲算了，加足油門就走了。

老實說，這個案例是最好的教材，就算那位騎士不是專門敲詐的歹徒，然而一旦處理不好，情緒爆發起來，必然像洪水猛獸，收不回也擋不住，事情必然大條了，就算找來警察，也是小題大做，白白浪費時間徒增雙方困擾。

情緒這個東西是可大可小的，只要說對一句話，或說錯一句話，即使你說的時候心中沒有那個意思，也可能讓小事化大，大事發展成不可收拾的大災難。

因此，我們可以下個結論：大部分的車禍糾紛，其實並不是車禍本身引起的，而是當事人的〔情緒〕製造出來的，也可以說是人們不懂得〔說話策略〕導致的下場。

事實上，從車禍糾紛這個點往外推到線甚至到面去看，人世間哪一件紛爭，不是人們的表達或語意有誤會而引起的；包括親人和夫妻在內，有時言者無心，聽者有意，或者你想讚美某人，卻用錯辭舉錯例子，反而得罪對方，這種事例不勝枚舉。古人常說：三思而行，禍不上身。同樣的道理，想要平安度日，不得罪人家，先思考後說話，才是保身之道。

因此，學會如何說不會激發他人情緒，是那些不想無端惹禍上身的人必須要學的；〔三思而言〕也是培養說話要有〔策略〕的開始，只要養成習慣，久而久之，自然就會有〔謀定而後言〕的功力了。

【004】讓人把錢自動送上門的〔討債策略〕

前面我曾提到的知名的［討債專家］說，這世界上有三種人的債最難討，就是民代政客、警察和黑道，不過，他都有辦法討得到，因爲他深知他們的弱點：民代政客怕醜聞，警察怕被告，黑道怕人情。只要掌握了他們的弱點，一樣乖乖聽話。

同樣的道理，不論是要債或要說服一個人，在出招之前，就必須先摸清對方的〔死穴〕在那裡。

我有一位朋友，擔任某大洗髮精公司的行銷部經理，有一天他跑來找我，說他心情很差，我一問之下才知道，最近他公司要他賠償一筆被倒帳的貨款九仟元。

雖然九仟元不是大數目，但每個月薪資才四萬多的他，一下子被扣了九仟，除了繳房貸和小孩子學雜費，根本沒有任何多餘的錢可以使用，這是心情不好的一個原因；第二個原因是，那位倒他九仟元貨款的人，不但沒有躲起來，還大搖大擺每天老神在在，一副吃定他的樣子，他當然要心情不好。

爲何他出社會這麼多年，已經當個經理，還會被倒九仟元？

原來，他幾個月前，碰到一位以前服兵役時同單位的弟兄，兩人相見把酒言歡，喝了幾次酒，這位隊上的弟兄，知道他在某大品牌的洗髮精公司當經理，就說要捧場，向他用很低的折扣訂了九仟元的貨，然後，拿去以直銷的方式賣給親友；由於，這個品牌的洗髮精在電視上經常有廣告出現，知名度不低，因此，貨很快就銷完，讓這位隊上弟兄賺了一筆。

然而，我這位當經理的朋友，要去跟他這位隊上弟兄請款時，卻碰了軟釘子，這位弟兄竟然說，因爲都是賣給親友，等於半買半送，甚至有的沒收錢，等於做虧本生意，因此身上沒有錢可以還。

他每天打電話催收，前前後後催了三個月，不是被對方東拉西扯搓掉，就是一再被騙，說什麼錢已經匯進去了，要他去查看看，他費了功夫去銀行查了半天，終究是一場空。

或許你會質疑，爲何這位行銷部經理不生氣，不報警或不用激烈一點的手段？他也是人，當然氣得每天高血壓，甚至對那位弟兄破口大罵，問題是，對方就是一副不怕罵，不然就是不接電話，如果說要去告他，才九仟元根本划不來；如果要找討債公司，人家也不願意接，因爲才九仟元，就算討債酬勞高達五成，也才肆仟五

佰元，哪一家討債公司會做賠本生意，光是小弟出動去要債和潑油漆的茶水錢和車馬費，根本就不夠。

這時，他才恍然大悟，原來他的這位隊上弟兄，早就算準了區區九仟元，根本沒有人會去告或去找討債公司，因此才會吃他吃得死死的。

當我這位任職行銷部經理的朋友來找我時，他早就認栽了，一直說就當花個九仟元交學費，看清人性的惡劣面。

這時，我安慰他先不要放棄，慢慢把事情經過說來聽聽，或許死馬還可以當活馬醫。

他把事情始末說了一次，我再三問他是如何要債？他說用過軟的拜託，請對方可憐．但沒有用；後來氣起來一直罵對方不夠意思，但人家也是皮皮的，說要付錢後來又跳票。

我立刻分析給他聽，表示他的要債說話策略都是失敗的，因爲這些說法，對方早就料到了，就算嘴皮說破了，人家也不會理你。

事實上，要債跟談判一樣，都需要〔攻心策略〕，要攻心，就先摸清對方底細和性格的弱點，再精準〔攻〕其〔死穴〕，結果對方急著送錢到你眼前，拜託你收

下。

我再問這位行銷部經理，是否知道那位隊上弟兄的底細？例如住哪裡？做什麼工作？家裡有什麼人？當初是否有名片給他？當初喝酒聊天時，是否聊到他在做什麼行業？

結果他除了聽說對方在做直銷外，其他一問三不知。難怪他會要不到錢，因爲你連對方的生活背景都不瞭解，更不用說要攻他的〔死穴〕。

於是，我開了一帖藥方給他，要他照做救救看這九仟元能不能起死回生。這帖藥很簡單，就是打電話給以前隊上的其他弟兄，打聽一下是否有人知道那位存心倒帳的弟兄，過去在幹什麼？目前在做什麼？生活背景如何？

他一口氣打了幾十通電話，一開始都問不到線索，後來，問到了幾個弟兄，這才發現他們也同樣被騙幾仟元；他又進一步到處打聽，這才知道，原來，這位四處騙錢的弟兄，早就有詐欺和背信前科，之前聽說是在做直銷，後來失業很長一段時間，家人也和他斷絕往來。

事情發展至此，終於摸清對方的底細，但是這種人一再犯錯不知悔改，且不知

道他目前的詳細狀況，等於還沒找到他的死穴，還是不能出手。

不過，打了這些電話，至少知道了對方的底細，也知道了還有其他被害者，我的這位經理級的朋友，這才稍稍釋懷。

過了幾天，他又被公司逼著交錢，於是又打電話四處探聽，這才問到一個線索，原來，這位四處騙錢的隊友，目前還在假釋中，他又去問一位律師，才知道犯人假釋期間，如有任何違法事實，將會馬上再被拘提入監服刑或是被檢查官或假釋官約談。

當他告訴我這個情報，我立刻告訴他，這就是那位隊友的〔死穴〕。於是，我就教他這麼說：

其實，大家朋友一場，九仟元也不算多，我幫你墊了也就算了，但是我的公司在規定上一定要把倒帳客戶的資料，交由法務室送警方或檢方報備，這是例行性的程序，我是基於朋友立場來告訴你，我們公司法務室已經查到，你有前科在身，目前也在假釋，一旦資料送進去，你爲了九仟元又要進去吃牢飯，自己想想划得來划不來。

後來，他撥了電話，照我的話唸完，想不到對方竟然態度一百八十度大轉變，

嚇得囁囁嚅嚅頻說抱歉，又說一堆什麼被親友拖了貨款，才會不得已之類藉口，接著又說立刻要籌錢親自送來，請他幫忙向公司銷帳，不要往上送。

結果，第二天那位隊友一大早就把錢送到公司給他，拼命道歉，然後神情慌張地離去。這件事總算有了結果。

打蛇要打七寸，攻心要攻死穴；討價也是如此，一旦攻到對方的致命弱點，不用你勞心，對方自動會把錢送上來。

說話也是同樣的道理，如果你的發言讓人覺得不痛不癢，甚至覺得無趣無聊，你就要自我檢討，是否說話前都沒做功課，不知道對方的致命傷和死穴在哪裡？如果是，那我勸你寧可一句話都不說，直到你打探到對方的心理弱點為止。

【005】世上沒有兩片完全一樣的〔葉子〕

世界上沒有兩片完全相同的樹葉，這是萊布尼茲的一句名言。同樣的道理，〔攻心〕說話術所要攻的對象，不可能是兩個完全一模一樣的人，因此，攻心要成功，就要懂得「見人說人話，見鬼說鬼話」。

由於每個人都有與眾不同的獨特性格，即使是相同年齡，或者有著相同需要、相同動機的人，也會因性格和生活背景的差異，有著不同的〔攻心〕策略。

每個人要的東西都是不同的，相對的，要說服不同性格的人，也就必須攻其心，用不同的〔藥引〕，才能達到說服對方的目標。

蘇洵在〈諫論〉裏舉了一個有趣的例子：

古時候，有三個人，一個勇敢，一個膽量中等，一個膽小。

有一天，一個人將這三個人帶到深溝邊，對他們說：「跳過去便稱得上勇敢，否則就是膽小鬼。」

那個勇敢的一向以膽小爲恥，果然一躍而過，另外兩個則沒辦法了！

如果你對他們說，過去就給兩千兩黃金，這時那個膽量中等的，爲了獎金也就敢跳了，而那個膽小的人卻仍然不能跳。

這時，突然來了一頭猛虎，咆哮著猛撲過來，這時，你不用給膽小鬼任何壓力，他早就先你一步騰身而起，就像跨過平地一樣跳過去了。

從這個例子我們可以看出，我們如想要求不同的人，做同一件事情，就必須用三種不同的方法去激勵他們，才能成功。

這就證明了，對於不同性格的人，要用不同的方法去激發他，才能啓動他的心。

總之，要懂把話說到心坎裡，才算是真正的說話高手，尤其是在第一線的服務人員或推銷員，更應該懂得這種因人而異的〔攻心〕策略。

【006】搞笑藝人也可以救人一命

人類是世界上最麻煩的動物，因爲有很多話都不能或不想直接說，總是要運用很多包裝或策略來掩飾真意。

話中有話，話外有話，是商場或政壇中，常用的〔高段說話策略〕，聽不出話中的意思和隱藏在背後的動機及目的，下場是很慘的，更別說要〔攻心〕了。

古代有很多君王，爲了收回兵權，利用各種場合和各種暗示，要屬下把兵權交出來；大部分的將軍和大臣，都不是省油的燈，都聽懂了皇上的話中之話和弦外之音，主動交出兵權，保住了項上的腦袋。

相對的，免不了還是有些白目的人，有聽沒有懂，依然大權在握，等到皇上費盡功夫，精心套了個罪名給他，然後誅滅其九族，搞不好他人頭落地時，還搞不清自己是怎麼死的。

事實上，人家說的話只要用心聽，多少都可以聽出對方語意背後的真正意思；問題是，就算你聽出來了，你要如何巧妙地回應？把自己置身於災禍之外？

相對的，有時候迫於形勢，你無法正面提出意見，這時你也可以反過來，在自己的話中，藏了另一層的意思，委婉地表達出去，一來避免傷害對方的顏面，同時也可以避免惹來殺身之禍。

史上記載，五代的後唐莊宗李存勖是一介武夫出身，嗜好田獵。有一次他巡遊狩獵，龐大隊伍行進樹林時，嚇到一隻兔子。李存勖一見大喜，立刻驅馬去追兔子。

後面的侍衛隊一看，也急忙擁簇奔馳，跟了過去。

眼見就要追上，李存勖忙搭箭射去，原可以射中了，誰知那兔子卻像背後有眼一般，突然一拐彎，從荒嶺上直向麥田深處竄去。

李存勖看見兔子突然拐彎逃開了，他哪肯罷休，拍馬向麥田馳去。侍衛隊怕皇上有閃失，大批人馬也跟了過去。

頓時，黃熟的麥田被馬蹄踏了個稀巴爛。然而，那兔子愈逃愈有勁，死命地往麥田裡鑽。李存勖等人緊追不捨，眼見即將可以採收的一片麥田，就這樣糟蹋在眾多馬匹的鐵蹄下。

這時，地方縣令勘察民情，剛好經過這裡，老遠見有馬隊在麥田裡馳驅踐踏，

SECTION-1
看故事學［攻心］說話策略

還以爲是哪個富家子弟在撒野，不由心中怒火昇起，拔腿就抄了近路截了過去，抓住李存勖的馬頭。

李存勖追得正在興頭上，突然被人截住，不由勃然大怒大喝一聲。

這時，縣令一見這馬飾和騎馬者的華麗服裝，才知是皇上，心想闖了大禍，嚇得冷汗直流。

李存勖看那兔子跑得無影無蹤，自己追了半天等於白費了勁，怒從心起，喝令左右之人將縣令推下去斬首。

這時，侍衛馬隊中站出一個人來，大家一看是伶官敬新磨，就知道有好戲看了。原來李存勖不但好打獵，也愛聽戲、唱戲，無論在宮中還是在宮外，都讓資深伶官跟在身邊，抽空給他唱戲解悶、取樂。說白一點，這類伶官就等於我們電視上常看到的諧星或是搞笑藝人。

這些搞笑藝人中有個名叫敬新磨的，不但戲唱得好，而且語言詼諧，有智有勇，常常用開玩笑的方式規諫莊宗。

這時，只見他來到李存勖前，高聲說：

「慢殺！皇上，讓我把他的罪狀數落一遍，讓他死得心服口服！」

李存勖知道他又要搞笑，轉怒爲笑，說：

「好吧！幫我教訓一下那個不懂事的老匹夫！」

敬新磨說：「遵命！」

說完，敬新磨來到縣令面前，大喝：

「你有死罪，知道嗎？你難道不知道咱們皇上愛好打獵？爲什麼還讓老百姓種莊稼交國糧呢？你爲什麼不讓老百姓餓著肚皮，空出地來讓咱們皇上打獵用呢？你真是該死！」

眾人大笑，在場的其他搞笑藝人也跟著起哄。

李存勖聽出了敬新磨話中另有深意，於是笑了笑，對縣令揮手說：

「你走吧！」

就這樣，縣令揀回了一條命，叩頭謝恩而去。

從今以後，再也沒有看輕這位搞笑藝人，甚至爲他的急智反應拍手叫好。

大家可想而知，皇上正在氣頭時，如又跑出一個鐵口直言的魏徵，像刀子一樣直接諫言，肯定也要腦袋落地。

然而，搞笑藝人本來就是搞笑，如皇上太當真要治罪，就顯得沒有氣度；再者，

敬新磨懂得把諫言包裝在搞笑內容中，他人乍聽也聽不出什麼玄機，等於給皇上找了個台階下。

人類的心思比任何動物來得複雜，來得深沈；愈是高難度的〔攻心策略〕，其語意都不是單純字面上的意義和作用，〔謀定而後言〕的每句話，背後都隱藏著更深層的意思。

有時候，爲了顧及各種目的和需求，也許是場合和形勢所逼，也許是顧慮到某人或某個團體的立場和顏面，也許是爲了更長遠更宏大的戰略，愈是高段的人過招，話中自然有話，弦外必然更有一般人聽不出的聲音。

想要聽懂這種〔弦外之音〕，而且正確解讀對方到底想表達什麼，或是真正的想法，平時就要多訓練自己的觀察力和解讀能力，不能太單純太容易相信人家所說的話；如此，才能設定正確的說話策略，攻入對方的心。

【007】心情愉快，可以值多少錢？

史密斯先生總是不吝於借錢給別人，也從不讓借錢的人感到掃興，以至於在他住所的方圓十里之內，所有的人都知道他的大名。

雖然這位史密斯先生開了一間律師事務所，但還算不上是美國的富人。經常有陌生的面孔進入他的辦公室對他說：

「史密斯先生，我很喜歡你昨天在法庭上的辯護。」

「謝謝！」

「呃，史密斯先生，我最近手頭不方便，你能借給我錢嗎？」

「嗯！我想你剛才對我的恭維可以換些錢。」

史密斯微笑著，並從皮夾中掏出一塊錢給那個人，那人便高興地走了。

事情往往是這樣發展的，曾經借過錢的人，不久後多半又回到史密斯的辦公室，然後委託他打一場官司。

其實，史密斯先生只是在毫不起眼的行爲上，故意耍了一點小手段，藉此累積他

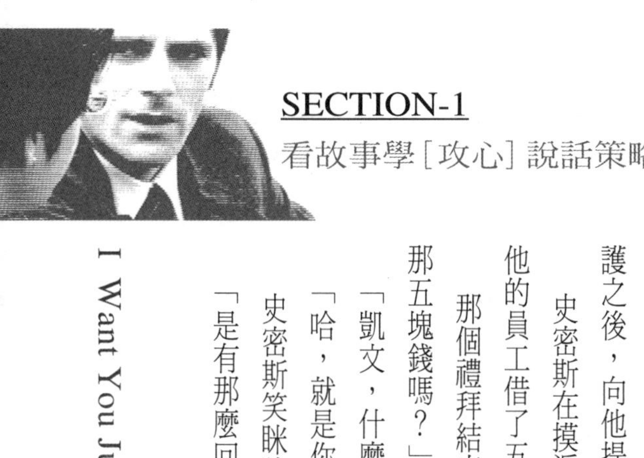

的聲譽。

但也正因爲他的策略，才能爲他帶來源源不絕的生意。

不過他的小小施捨，在多數情況下卻造成其下屬的困擾。因爲他自己身上常常沒有帶錢，總是要向員工借錢，那些員工經常私下抱怨說：「史密斯靠我們的錢獲得好名聲。」

有一次，一位熟悉的朋友到史密斯辦公室，這個人在恭維了史密斯上個禮拜的辯護之後，向他提出借錢的要求。

史密斯在摸遍全身所有的口袋，也找不出一毛錢的情況下，只好向凱文，也就是他的員工借了五塊錢給朋友。

那個禮拜結束時，凱文對他說：「老闆，我缺錢用，你認爲我能夠……嗯，要回那五塊錢嗎？」

「凱文，什麼五塊錢？」

「哈，就是你向我借的五塊錢啊？你不是給了別人嗎？」

史密斯笑眯眯地說：

「是有那麼回事，凱文，你聽到那人上次對我說的奉承話嗎？」

「是的，我親耳聽見。」

「那時候你心情愉快嗎？」

「是的，史密斯先生，我感到很愉快。」

「凱文，心情愉快值不少錢吧！肯定不會少於五塊錢，對不對？」

「唔，我想，差不多吧！」

「那麼，凱文，你已經得到超過五塊錢價值的愉快感，所以你不應該再討回那些小錢。」

凱文張大嘴，簡直哭笑不得。

雖然史密斯先生的行爲有點不端，但他語言技巧稱得上十分精湛，一方面毫不含糊地議論某件事情，一方面又挖空心思地予以抵賴，是典型的〔聲東擊西〕說話術。

我們常會遇到一些能言善辯的推銷員，不是招攬保險生意就是推銷商品。由於事關他們的生計和前途，所以他們總是千方百計，使盡渾身解數要逼你就範。如果你是沒有自我主張或意志力較差的人，一定會禁不住他們專業又專攻人心的語言戰術。

在現實生活中，如何做到使自己不受別人擺佈、能完全固守原則，是很重要的生

SECTION-1
看故事學［攻心］說話策略

存之道。

那些半路殺出的推銷員，或突然從門縫裏擠進半顆腦袋的業務員，都是你的心理和性格上的最大敵人。

事實上，高明的推銷員都是些一流的說話大師，他們總有套語言戰術能使顧客放鬆戒備。只要看到對方的神色稍顯緩和，他們內心的征服細胞便蠢蠢欲動起來，所以對付這種推銷員，最簡單有效的辦法是絕不打開家門。

如果他已經踏進你家大門，千萬不要正視他，也不要和他說東道西，或者表現憤怒，雖然推銷員的雙腳已踏進你家，但如果他始終無法突破你的心理防線，無法接觸到你心裏的需求或弱點，那麼再強的火力也自然打不到要害。

如果你的朋友向你提出某項要求，當你無法答應卻又難以開口拒絕時，最好先說一些客套話，故意暴露自己的某些缺點，使他在你答應請求之後，自己反而變得有些不放心，這樣他便不會再強求你。

這就是﹁明的答應暗裡拒絕﹂的說話術，不僅不會傷害彼此的感情，又可以使你脫離尷尬的窘境。

對於初見面或交情不深厚的人，你可以直截了當地拒絕，言辭嚴厲一些也無妨。

然而對親朋好友就要講究說話的技巧，不能一口回絕，要使對方知難而退才行。所以客套話是讓他人敬而遠之的最好暗示，它能使你與對方保持一定的距離，也能使對方無法一再提出不合理的要求。

如果有一位平時和你關係不錯的朋友找你幫忙，原因是他的女朋友被一幫小流氓調戲，他想去揍那些傢夥，又苦於勢單力薄，於是便央求你幫忙，此時你該如何應付呢？

直接拒絕怕傷感情，答應的話又不符合你做人的利益和原則。

這時你不如對他說：

「這沒問題，我應該幫你。只是我要先跟父母講一聲，免得我出了事他們還不知道。」

這樣對方便會重新考慮他這個衝動的決定，之後你再分析這麼做的利害得失，我想他最後會放棄這個以牙還牙的計劃。

【008】如何罵人又不會得罪人

對於十分驕橫的人，若想殺他的銳氣，就必須沈重地打擊他，使他無法再感到自滿。如果他還有一位競爭對象，最好貶低他而稱讚其競爭對手，間接指出他的弱點來激發他的上進決心。

有經驗的上司和企業管理者，都應該對說話的技巧深入研究；惟有善於分析人的心理，才能經常立於不敗之地。

一位企業主管手下有兩名得力的助手，這兩位年齡相當，在工作上互相競爭，都很受管理者的器重。

其中，A先生對於自己的才能相當自負，經常瞧不起別人，因此他在公司內部的人際關係相當糟糕。這位主管決定用﹝攻心﹞的策略來提醒、警告這位部屬，以免他日後不可一世。

有一天，這位主管故意不經意地對A先生說：

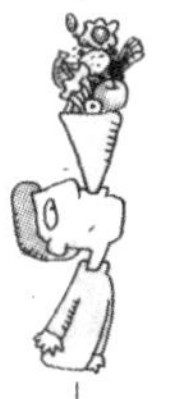

「B先生是個優秀的管理人才，而且人品也相當不錯。在這之前我與他在咖啡廳談了很久，原來他還喜歡看書，也懂得許多事情，他對公司的管理情形提了許多寶貴意見，我覺得這樣的人才確實不可多得。」

不論是任何人，當自己的對手被人稱讚時，他便會覺得別人是在批評自己。這位主管運用的〔攻心術〕正是先把那些被對方看不起的人提升到一定的程度，讓對方發覺自己以前所仰仗或重視的才能，原來在別人眼中是這麼的不起眼，於是對自己的判斷和實際能力產生懷疑，因此他態度轉為謙和，工作上也更努力。

說話的藝術深奧莫測，需要說話者去發掘這方面的訣竅，並掌握運用的尺度。

如果那位主管說：「你雖然聰明，但與B先生比起來卻稍稍遜色」。那麼他不但無法幫助A先生改正缺點，還會造成A先生對B先生的懷恨心理，結果非但無法拉近部屬之間的關係，反而會使彼此的競爭更劇烈，甚至不擇手段、走向某種極端，影響到公司的利益。

因此，即使你的部屬之間有才能上的差異，也不可當面說出。否則，優秀者可能從此目中無人，稍遜者也會因而消極，無法提高工作效率。

人們在判斷一件事時，往往會無意識地採用對比方式，如果被提及某一個問題，

其判斷基準通常採用社會上的一般常識，這也是一般人的心理。

如果你是公司的主管，有心調一名不受重用的職員到分公司去，如果你直接對他說：「你不適合在總公司工作，還是到基層去吧！」他的內心必定會有被放逐的感覺。

其實你只要稍稍運用一下語言技巧，採用一些高明的說話術，對方會歡天喜地的去公司報到。

打個比方，你可以這樣說：「我本來想讓你到乙分公司去，但我研究了你的長處，覺得還是甲分公司比較適合你去發展，乙分公司離你家太遠了，上班可能不太方便，所以將你調到甲分公司去。」

我想你的部屬不僅會在那裏創出一番好成績，而且還會對你心存感恩之心。

【009】讓銀牌變成金牌的一句話

柏林奧運會上，有一位金牌得主一直爲人所稱道，她就是日本游泳選手秀子小姐。在前一次的洛杉磯奧運會上，年僅十八歲的秀子小姐經全力拼博，最後以零點一秒之差輸給一名澳大利亞選手，屈居亞軍。

這對於日本體育界來說，已經是一項了不起的成績，因爲在游泳這個項目上，日本始終無法得到像美國、澳大利亞那麼出色的成績。

慶功宴上，當時的東京市長永田秀次郎和秀子小姐有以下的談話：

「秀子小姐，獲得第二名，你感到高興嗎？」

「當然，我連做夢都沒有想過會獲得銀牌，日本的新紀錄是我締造的，我把成績提高六秒多，哪位選手有我這種能力呢？」

市長靜靜地聽她說完後，接著說道：

「可是，秀子小姐，你不覺得很遺憾嗎？你應該感到不服氣，要知道，你只差零

點一秒就是金牌選手，既然你能提高六秒，為什麼不再多爭取零點一秒呢？」

本來，秀子小姐拿到銀牌後，親朋好友甚至她本人都認為，她已經達到體育生涯的最巔峰，所以她想，在該屆運動會結束後退出泳壇。

現在，市長先生一席話深深地觸動了她，她決定重新出發，朝第一名前進。

老天果然不負有心人，四年後，在柏林奧運會上她終於戰勝各國好手，榮登奧運金牌的頒獎台，聽到熟悉悅耳的日本國歌在座無虛席的游泳館裏響起，秀子小姐忍不住熱淚盈眶。

【010】用「聲音」抵「香味」的債

許多年前，日本京都市有兩個鄰居。一個是窮鞋匠，一個是漁行的富老板。

漁行老板很善於經營，他從早到晚剖魚、煮魚，把魚串在竹簽上，放在火爐上，燻好曬乾。

他做的鰻魚特別好吃，他把鰻魚浸在醬油裡，然後放在油鍋裡炸，再澆上一些醋。但是他有一個缺點：太吝嗇，對誰也不肯賒帳。

鄰居窮鞋匠，非常喜歡吃鰻魚。但他沒有多的錢買魚吃。

然而，窮有窮的辦法。

一天中午，到了吃飯時間，窮鞋匠走到魚店老板家裡，從懷裡掏出一塊米餅，坐到燒燻魚的爐子邊，一邊同魚老板閒聊，一邊貪婪地吸著燻魚的香味。這味道多好啊！鞋匠用魚的香味就著米餅吃，就好像自己嘴裡有一塊又肥又柔軟的鰻魚一樣。

接連好幾天，鞋匠都到魚老板家裡來吸燻魚的香味。

吝嗇的魚老板發覺了鞋匠的計謀，就決定無論如何要收他的錢。

一天早晨，鞋匠正在補鞋子，魚老板走進鞋匠家，默默地交給他一張紙，上面寫著鞋匠到魚店裡去過幾次，吸了幾次燻魚的香味。

「先生，這張紙為什麼交給我？」

鞋匠心中已猜到八九，表面則裝作不解地問道。

「為什麼？」魚老板不客氣地叫道，「你難道以為每個人都可以隨便到我店裡

來吸燻魚美味嗎？不行的！這種享受必須付錢！」

鞋匠聽了，一句話也沒說，默默地從口袋裡掏出兩枚銅幣，放在茶杯裡，用手掌捂住，開始搖茶杯，銅幣發出很響的聲音。

過了幾分鐘，他停止了搖動，把茶杯放在桌子上，笑著對魚老板說：

「聽見銅幣的聲音了吧！現在，我們抵銷了債務！」

「怎麼抵銷？你說什麼？你不肯付嗎？」

「我已經付給你了。」

「怎麼付的？什麼時候？」

「剛才！我以銅幣的聲音付了你燻魚的香味。你要是以爲我鼻子得到的比你耳朵得到的要多，我還可以把這個茶杯再搖幾分鐘！」

鞋匠說完，就要伸手去拿茶杯。

吝嗇的魚老板，深怕一會自己聽到聲音比鞋匠吸過的香味還要多，便沒等杯子發聲音，就急忙掩著耳朵跑回自己的店裡去了。

世上總有一些不講道理的自私者或病態者，碰到這些無理的時候，最好的辦法便是以無理對無理。

【011】〔順水推舟〕的阻力最小

當你進行說教或演講時，一定會有人提出不同的看法，甚至理直氣壯地對你提出反對意見。

此時，你千萬不要立刻毫不客氣地反擊，因爲以這種正面交戰的語言策略作來反應是不會有好結果的，反而會使雙方鬧僵，讓自己失去風度，也下不了台。

因此，當你遇到這種情況時，必須先重視對方的問題，而且要表現得對方這個問題好像嚴重，不能草率應答，一定要找時間來研究，用這種戰術讓對方受寵若驚，甚至感到事態不妙，自己也不好再堅持下去。

如此一來，你不但保住了形象和風度，也讓對方〔知難而退〕，這才是一個沒有副作用或殺傷力的完美攻心策略。

美國有家生產乳製品的大工廠，某日來了一位怒氣沖天的顧客，他不客氣地對廠

裏的負責人說：

「先生，我在你們生產的乳製品中發現一隻活蒼蠅，我要求你們賠償我的精神損失。」

之後這位顧客提出一個天文數字的賠償數目。

在美國，像這種乳製品生產線的衛生管理是相當嚴格的，爲了防止乳製品發生氧化反應而變質，每次都要將罐內所有的空氣抽出，然後灌入一些無氧氣體後再予以密封，在這種嚴苛條件下生產的乳製品，根本不可能有活的蒼蠅會在裡面。

由於這個事件關係到公司的商譽，這位工廠負責人不好立即揭穿那人的騙局，只是很有禮貌地請他到會客室裏，那位顧客邊走邊還破口大罵。

當這名顧客第三次提出抗議並要求賠償，負責人很有風度地爲對方倒了杯水，然後慢條斯理地說：

「先生，看來真有你說的那麼回事，這顯然是我們的錯誤，你放心，你會得到合理的賠償，由於這個問題事關重大，我們絕對不會忽視。這樣吧！你稍等一下，我馬上命令關閉所有的機器，以查清錯誤的來源。因爲我們公司有規定，哪一個生產環節出現失誤就由誰來負責，待我把那位失職的主管找出來，讓他給你賠禮道歉。」

說完後，負責人一臉嚴肅地命令一位工程師：
「你馬上去關閉所有的機器，雖然我們的生產流程中不應該會有這種失誤，但這位先生既然發現了，我們有義務給顧客一個滿意的答覆。」
那位先生本來只是想用這個藉口來詐騙一些錢，但他沒有想到自己的話會引起如此嚴重的後果，頓時擔心自己的花招被看破，他會被要求賠償整個工廠因停工而造成的損失，那麼即使他傾家蕩產也賠不起。
於是他開始感到害怕，並且囁嚅地說：
「既然事情這麼複雜，我想就算了，只是希望你們以後不要再發生類似的事情。」
就這樣，他給自己找了一個理由想拔腿便走。
那名負責人叫住他，並誠懇地對他說：「感謝你的指教，爲了表示我們的感激，以後您購買我們的食品均可享受八折優待。」
這位先生沒想到會因此得到意外收穫，從此他也成爲這家公司的義務宣傳員，讓更多的人肯定這家公司產品的品質。
上述案例中，那位高明的工廠負責人，不僅掌握了對方的心理，用〔攻心〕說話術揭穿對方的騙局，而且還反過來〔綁架〕那位顧客的想法，使他從此以後成爲公

SECTION-1
看故事學［攻心］說話策略

司最有效的廣告宣傳員。他用的就是〈順水推舟〉這個策略。

會議上，經常發生兩派甚至三派互相爭論的情況，有時候雙方各執一詞，爭得面紅耳赤，完全失去說話者應有的風度。

一些地方選舉前的辯論演說，參加者本來都是修養甚佳的人，卻因爲各自的觀點而爭得不可開交，甚至到最後偏離主題而轉爲互相侮辱、唾罵，有時候還出現大打出手的混亂場面，變成爲反對而反對。

事實上，在這種情況下，如你懂得適時運用〈知難而退〉或〈順水推舟〉的說話策略，不僅可以掌控局面，還可以收到很多意想不到收穫。

如果你身爲某次會議發生爭論的某一方的成員，你堅持要按照你們提出的方案辦事，但相對另一方則堅持要由他們做主。眼看爭論就要陷入僵局，此時你應該馬上站出來說：「雖然我堅持要用我們的方案，但我發覺你們的方案也很有道理，我們也不是全盤否定。」

對方聽到你這句似乎是肯定他們的方案，可能也會放棄爭論而謙虛地說：「老實講，你們的想法也不錯。」

這時，你就可趁機說：「既然這樣，我們也沒有必要爭論，不如大家一起來制訂新的方案。」

由於你已經採取主動，對方也無從反對，因此在新方案中你所掌控的主題和主導權會比對方多一些。

高明的談判專家，絕不會用頭去撞牆壁，而是要選擇對自己阻力最小的說話策略；讓對方發現他們自己的想法有錯誤，他們必然〔知難而退〕，你自然可〔順水推舟〕攻進他們的〔死穴〕。

因此，別忘了，讓敵人自己〔知難而退〕，不花一兵一卒，是最省成本的，相對的，〔順水推舟〕的阻力也是最小的。

【012】說錯一句話，引來致命殺機

1972年2月16日，日本愛知縣發生一件兇殺案，一位文質彬彬的教師竟然殺死自己的岳母和妻子。這不幸事件的起因便是因爲那位岳母大人出言不遜。

那位岳母有一天對女婿說：「你這個地地道道的蠢貨，不但養不活妻兒，竟然還四外借貸，我女兒嫁給你這種人，算是倒了八輩子的霉，哪天請個仲介把房子賣掉，然後你就滾回老家去打光棍吧！」

這位教師長年受岳母的訓斥，平時在家裏又受妻子的白眼，加上幾天前他又從旁人那裏知道自己的妻子在外面和人鬼混，心情便一直鬱鬱寡歡，此時被岳母的一番牢騷觸動心頭火，一怒之下便萌生殺機。

一旦對方不滿的情感被挑起，時間一到便會像山洪一樣爆發，如果你作反擊，這種不滿情緒會像烈焰一般騰騰直上。一般情況下，理智者往往會採取其他方式，儘量壓抑怒氣，比如保持沈默、轉移注意力、藉酒澆愁、找知己傾訴等。如果對方是個缺乏自制力的人，那就會走向極端，發生一些意料不到的事情。

這種言語傷害如果太深，或者被傷害者當時無法保持頭腦清醒，那喝酒咒罵都無濟於事，最終會釀成悲劇。換句話說，當對方不滿的情感無法被你操縱，無法得到及時紓解，他必然會以攻擊作爲發泄的方式，這股凝聚的怨氣所產生的破壞力是不容低估的，這也是那位老師何以殺人的主要原因。

高明的說話大師能運用自如地掌握這種技巧，有些演說家和談判專家以及優秀的

外交家也能熟練掌握語言的分寸，即使已經不小心激怒對手，還能將話鋒一轉，以嫁禍他人或用幽默等方式將對方的憤怒消除。

平息對方一觸即發的怒氣，不至於對自己產生不利的後果，造成不可收拾的局面。

俗話說：「話不能說得太絕。山不轉路轉，山水總有相逢。」所謂太絕，就是太絕對。這種不良的語言習慣通常給自己帶來麻煩，同時又讓對方無法接受。說不定哪一天你會站在和對方相同的立場，接受別人措詞激烈的難堪。

語言越曖昧不清，就越讓人糊塗，如果對方是氣量狹窄之人，或者曾經做過什麼虧心事，剛好被你無意說中，他就會耿耿於懷，一直揣摩你這句話的真實意圖。

假使是要故意讓對方生氣或高興，以便更有效地操縱別人的感情和思維，這種說話術容易奏效。只是言詞不要太過於激烈，否則會適得其反。

【013】殺人，下輩子才能當〔人〕？

傳說有位僧人四處雲遊，每到一處都要爲人們講解〔輪迴報應〕的佛教理論。他常說，人不能殺生，而且要知道〔掃地無傷螻蟻命，愛惜飛蛾紗罩燈〕的含義。今世殺了什麼生物，來世就要變成什麼生物。譬如你殺了雞，來世就會變成雞；宰了牛，來世就要變成牛。

有一次，正當他滔滔不絕傳道時，有位先生說：

「大師，我明白了！你是要我們都去殺人！」

僧人大驚失色地說：

「胡說！佛門弟子連飛蛾都不肯傷害，怎麼會教唆你們去殺人呢？」

那位先生說：「是你說的嘛！剛才你不是說殺什麼來世就變什麼嗎？如果照你所說，我們只有今世殺人，來世才會變成人。」這句話使僧人張口結舌，啞口無言。

那位先生駁斥僧人所用的策略，就是借他的刀殺他自己。

由於這種說話術，有時比正面駁斥和直接揭穿更爲有效，而且更生動有力，因此，日常生活中常常被人們採用。

從前有位貪婪成性的大財主，每次吩咐別人辦事時都想從別人身上揩點油水。有一天，財主派一名長工去買酒，但又不給長工錢，分明是要長工自掏腰包買酒給他喝。長工感到有些莫名其妙，便問：「老爺，沒有錢怎麼能買到酒呢？」

財主生氣地說：

「花錢買酒誰不會呢？要是你能不用錢就買回酒，那才是有本事呢！」

這位長工本來就機智過人，他知道財主的心眼小，於是，他一言不發地拿著酒瓶出去了。

過了一會兒，長工拿著空瓶回來，他走到財主身邊說：

「老爺，酒買回來了，你慢慢喝吧！」

財主拿過酒瓶一看，裏面空空如也，便大發雷霆：

「豈有此理，你是怎麼給我辦事的？酒瓶空空，叫我喝什麼？小心我扣你半年工錢！」

那位長工慢悠悠地說道：

「老爺，酒瓶裏有酒誰不會喝，你要是能夠在空瓶裏喝出酒來，那才是真有本事呢！」財主氣得直翻白眼，一句話都說不出來。

吝嗇的財主要長工買酒，卻又不給錢，該怎麼對付這貪心的傢夥呢？長工很快就有了主意。他先承認財主這話是正確的，然後借用此道理引出一件更可笑荒唐的事來應付財主。所以財主也只有讓長工奚落一頓，吃悶虧了事。

有時你會對一些突然的質問一時無法回答，這時你可先說一些與這個問題無關的題外話，一來緩解你的緊張感；二來有充裕的時間去設想應付的方法。如果這兩者無法解除你的困境，你不妨照著對方口氣提出反問，使對方回不過神來。

譬如你在面試時，主考官突然問：「你經常到夜總會跳舞嗎？」

由於此刻你正在面試，無法不回答主考官所提的問題，但你又不知道對方問這句話的目的何在，是屬於面試的範圍嗎？還是一句無心之語呢？萬一說錯了，就會被當成把柄。

這時，你最好的辦法是抓住對方的問題反問他，你可以說：「請問，這個問題和我將要擔任的職位有關嗎？」

這麼一來，主考官不回也不行，如果回答了和職位無關，那你隨便說也無妨；如

果和職位有關，那麼你可以選擇不回答；如此主考官也會覺得你這人原則性很強；二來他會認爲你隨機應變的能力不錯，是一個有用的人才。

事實上，只要他對你有這樣的看法，工作問題就解決了。

【014】善用對方的〔劍〕來殺他自己

《古今譚概》是明朝文人馮夢龍的一部筆記小說，其中記載了一篇這樣的故事：從前有一位大戶人家的子弟屢試不第，被全族人鄙視。這位先生也真是不幸，科舉考試好像沒有他的份，儘管有滿腹經綸也無處施展，這匹被埋沒的〔千里馬〕除了暗自歎息也別無他法。

令人不解的是，他的父親乃是當朝內閣大學士，文名天下，權勢也極大。最令他飲恨的是，他自己考不上，他的兒子第一次參加殿試，竟然就被皇帝欽點爲狀元。

這位先生爲此飽受父親的責備，怪他丟盡全族人的臉，不但比不上有鬢髮皆白的

老父，連一名黃毛孺子都超過了他。這位先生有口難辯，一直默默忍受老父的責罵。

有一天，他的父親又當著許多親友的面，開始數落他。他實在忍不住，便反駁他父親說：

「我的父親是內閣大學士，你的父親不過是一介漁夫；我的兒子是位名狀元，你的兒子是久考不中的書生。你的父親比不上我的父親；你的兒子又比不上我的兒子。那就是說你尚差我一截，爲什麼整天罵我是不肖子呢？」

那位內閣大學士聽了這番申冤辯白的話語，忍不住哈哈大笑，從此再也不責備他的兒子。這位內閣大學士的兒子，雖然沒有資格和他的父親與兒子比名聲，卻是一位辯論的人才。

在他與父親的對話中，便使用了借力使力的說話術，在貶對方的同時，也等於在讚揚對方。他的父親責斥自己的兒子，他又藉此反擊父親，並用自己的兒子作陪襯。另外，他以自己的父親來對抗，使得整段辯論滑稽可笑，道理雖歪，技巧卻高人一籌，終於使得大學士無法再當眾責罵他。

這種借別人的力，來打他自己的〔策略〕，對於那些你不方便直接批判或頂撞的人，倒是很適合用這招來笑著打他一巴掌，人家還不會生氣。

打個比方，你正和客戶討論產品的品質問題，對方突然發表意見，說他們的產品是經無數次實驗後的專利產品，根本不會有品質不合格的問題。

如果你這時想反駁他，最好不要用什麼資料或權威人士的檢驗結論來駁斥，你只需說：

「您說的不錯，但我們在使用過程中，產品的確產生故障。而且我們的操作方法，完全是依照說明書上的指示，我絕對相信您公司編出來的說明書，應該也是毫無瑕疵的，但這又該如何解釋呢？」

這時，對方一定會無話可說，但也無法對你發脾氣。

總而言之，態度強硬或自以爲是的人，總是一廂情願地認爲自己是最優秀的辯手，是無懈可擊的。

其實，這是一種愚蠢且沒有策略素養的心理，只要你反擊得力，就會令對手乖乖地臣服。

要知道，對方採用強硬態度的目的不過是一種自我保護，甚至是爲了掩飾自己缺點的一種過度反應，爲的是取得更多的利益。

從另外一個角度來講，某個銷售員如果賣不出商品，或者你買不到貨物，對你和

他而言，都會有某種程度的損失。

你只要緊抓住他的這一個心理弱點，再用一些語言技巧和心理攻堅術，你的籌碼會超乎他想像的多。

事實上，這種對手看似盛氣淩人，實則外強中乾。如果你剛好抓住他最薄弱的〔死穴〕，只需輕輕一句話或一顆子彈，對方的氣勢就會急轉直下，判若兩人。

正如武俠小說中描寫的一般，練金鐘罩或者鐵布衫的人，任你刀砍劍刺，也無法傷他半點皮毛，但如果你找到他的〔死穴〕，則只須一指就可以要了他的命。

【015】態度強硬的，通常是弱勢的一方

當你突然遭到對方咄咄逼人的襲擊，該如何說才能轉危爲安呢？

如果你所遇到的質問或責難相當尖銳，不妨避實就虛，用〔這件事我們以後再談好嗎？〕等策略來緩和當時的緊張氣氛。

在某大學的課堂上，教授正在講授先秦歷史，突然有一名好奇的學生提出一個與

該節課內容毫無關係的問題：「請問老師，孔子一生仁慈，爲何要殺少王卯呢？」

教授聽後先是一愣，然後很用心地回答這個問題，但那位學生似乎想爲難這位教授，一直不斷地與他爭論，弄得教授差點下不了台。

任何人如果碰上這種不講道理的人，都不容易全身而退。雖然這位教授可以正面回絕學生的提問，但這種方法無法使對方心服口服。

事實上，這位教授不妨這樣說：「如果你對這個問題感興趣，我們可以下課再詳談，現在是上課時間，讓我們上完課再說吧！」

如此一來，想必那位學生也不好意思再堅持下去。

如果那位學生無論如何都要你當面回答，那就得看你能否很巧妙地躲閃這惱人的話題。

否則，你便和對方永無休止地糾纏下去，不但意見上的衝突會越來越多，到頭來只會讓自己難堪。而這正是對方的最終目的，因此，你只要一不小心沒有掌握好說話策略，便會落入對方的圈套。

假使當時你們是在一種不很嚴肅或正式的場合，你可以用另一種策略來避開對方的唇槍舌劍，例如以〔這個時候我們只喝酒，不談其他問題〕來推辭，便可四兩撥

千金，輕鬆地將對方的話題引開。

如果是在學術討論會上，這樣的突發事件往往會引發火爆的語言衝突。若你冷靜則還能夠控制局面，如果你當時冷靜不下來，而且你的身份和地位又要求你必須正面對抗時，往往就只有靠第三者來緩和衝突。

此時會議主席不妨暫時承認雙方各有道理，同時表明這個問題爭論很久，而且事關重大即使是他也無法立刻回答。此時你不能恃強爭論，要順勢取巧，你可以說：「關於這一問題我們日後再討論，今天我們暫且只討論此次的主題。」

當你從困境中脫身之後，如果覺得有勝過對方的把握，就可以在恰當的時機說服對方，回答他的問題。若沒把握，也可以一直拖延下去，反正〔日後〕是一個虛擬概念，沒有確定的時間。

這種說話方法比直接拒絕巧妙得多，也更容易讓對方接受，雖然表面上你是副低姿態，實際上卻是拒絕正面回答以保持對方心態的平衡。如果你的口氣能掌握得更準確一點，還會給人一種你對此問題根本不屑回答的感覺。

在現實生活中，有時你碰到的並不是一位很有理智的人，他不是提出一個問題，而是滔滔不絕地說話，既無條理，也沒道理。

這種情況下你最好的辦法是聽他講完後，再發表你的意見。

有一名鞋店老闆就曾碰上這樣的事，一位小姐花整個下午的時間在鞋店裏挑選，結果批評的意見提了不少，鞋子卻是一雙也沒有看上。

最後，這位小姐乾脆請售貨員找來老闆，當著許多顧客的面滔滔不絕地說一些如〔這雙鞋的後跟太高了〕、〔我不喜歡這種皮料〕，或者說〔你們的服務態度真不好，我選了一下午的鞋子，居然沒有一個人過來幫我出點主意〕之類的牢騷。

那位老闆就像一名聽話的小學生一樣，一直站在旁邊聽她發表〔高論〕，一聲都沒有吭。直到那位小姐說完時，老闆才緩緩地說：

「對不起，請你等一會兒。」然後便走到鞋架旁，拿出一雙鞋擺在小姐的面前說：

「小姐，我想這雙鞋最能襯托你的氣質。」

那位小姐半信半疑地將鞋穿上，結果不但大小合適，而且顏色、樣式都令她十分滿意。

那位小姐滿意地說：

「這雙鞋好像是專門爲我訂做的一樣。」最後高高興興地付帳離開。

做生意，人們都知道秉持〈顧客至上〉的信條，一般而言，無論顧客說什麼，你都不可以反駁，除非顧客有侮辱你人格的地方，否則你就應該像那位鞋店老闆一樣聽她說話，然後再發表你的意見，不給顧客唱反調機會。

這位鞋店老闆十分懂得這種顧客心理，也知道如何用說話攻她的心。

他先讓對方發表意見，也許他根本一個字都沒有聽進去，但他的態度令顧客十分滿意，最後抓住機會輕輕一擊，對方很快就敗下陣來。

其實，那位鞋店老闆最後拿出的那雙鞋子，實際上是那位小姐早就試過卻下不了決心購買的鞋子。

但經驗老到又瞭解人性心理的老闆，卻早就看出她只是要人臨門一腳，給她一個肯定的答案，好讓她下決心。

事實上，這位拗客小姐，可能看了好幾家鞋店，都沒有人懂得她的心，也沒有人有耐心聽她抱怨，更沒有人能在她抱怨後，適時給她一個建議，直到遇到這個老闆。

因此，遇到這類不講理或專門找麻煩的人，不妨善用上述的〈四兩撥千金〉或鞋店老闆的〈順水推舟〉，絕對不要動不動就發脾氣或沒耐心地應付，否則，硬碰硬的結果，是你後悔莫及的。

【016】用〔幽默之鑰〕去開〔嚴肅之門〕

在戰國時期，齊國有個出身卑微的人，叫淳于髡，他雖然身材矮小但口才很好，善於講幽默的笑話，使聽者在笑聲中受到啓發。

於是齊威王派他作齊國的使臣，出使各國。

由於他有一副雄辯的口才，因而每次都非常出色地完成了使命，深得齊威王的器重。

一次，楚國發兵進攻齊國，齊威王派遣淳于髡帶著黃金百斤、駟車十乘的禮物，前往趙國求救兵。

淳於髡接到命令之後，放聲大笑，直笑得前仰後合，渾身顫動，連帽子纓帶都迸斷了。

齊威王問他道：「先生是不是嫌我送給趙王的禮物太輕了？」

淳於髡回答說：「不敢，我怎麼敢呢？」

齊威王又問：「那麼，你爲何這樣大笑呢？」

淳于髡答道：「不久前，我從東面來，看見路上有一個人正在向土地神祈禱。他拿著一隻豬蹄，捧著一杯酒，嘴裏念念有詞：「高地上糧食滿筐，低地上收穫滿車，五穀豐登，全家富足我看見他奉獻給土地神的少，而向神索取得多，所以覺得好笑。」

齊威王聽到此處明白了，淳于髡是在用隱語來諫勸自己增加禮物，於是決定把禮品增加黃金一千鎰（每鎰二十兩）、白璧十對、駟車一百乘。

淳于髡於是帶著禮物前往趙國，說動了趙王。回國後齊威王便置辦宴席慶賀，他見淳于髡頗有酒量，就問他：「先生最多能飲多少酒才會醉呢？」

淳于髡回答說：「我飲一杯酒也會醉，飲一石酒也會醉。」

齊威王很驚奇，問他說：「先生既然飲一杯酒就醉了，怎麼還能飲一石酒呢？其中的道理不妨可以說給我聽嗎？」

淳于髡說：如果在大王面前飲您所賜之酒，執事官吏在旁邊看著，御史在後邊監督，我心情恐懼，伏地而飲，這樣的話，不過一杯就醉了。

如果父母在家中接待貴客，我捲起袖子，陪侍於前，不時捧杯敬酒，恭敬陪侍，

這樣的話，不過二杯就醉了。

如果朋友間一起遊樂，由於很久沒有見面，現在突然相逢，便互相各訴衷情，這樣的話，大約飲五六杯才會醉。

如果鄉里相聚，男婦混雜在一起，細斟淺酌，一邊飲酒，一邊下棋、投壺，做各種遊戲，隨便與女郎握手也不受處罰，目不轉睛地注視她也沒有顧忌，前面掉有婦女的飾物，後面有姑娘遺落的髮簪，我心中一高興的話，便可飲八九回。

如果日暮酒殘，將殘席合併在一起，男女同席，促膝挨肩而坐，靴鞋交錯，杯盤狼藉，一會兒堂上蠟燭盡熄，主人送走客人而獨獨把我留下，她敞開了羅襖的衣襟，我隱隱聞到一陣微香，當此之時，我心中最快樂，就能喝到一石。所以常言說：「酒極則亂，樂極則悲，一切的事情都是這樣的。」

齊威王聽了淳于髡這一番話語，明白了淳于髡是用幽默的隱語進行諷諫，從此不再作長夜之飲。

人與人之間，爲了利益或爲了理念，難免會陷入緊張或對立的狀態。

然而，不輕鬆的問題可以用輕鬆的方式去解決，嚴肅的門，可以用幽默的鑰匙去開啓。

【017】最平凡的讚美，最有用的回饋

法國有一位將軍，他曾經立下赫赫戰功，每次都是攻無不克、戰無不勝。當他打勝仗凱旋歸來之際，總有無數的鮮花和掌聲包圍著他，許多人都奉承他說：「你真是位舉世無雙的軍事家。」或者說：「將軍，你是我們的驕傲，是所有法國公民的英雄。」

而他對這些話始終無動於衷。因爲將軍認爲，打勝仗是一位優秀的將軍分內之事，不值得作如此誇耀。

後來有一位善於揣摩別人心理的部下說：

「將軍，你的鬍鬚真漂亮，就像一片茂密的叢林。」將軍聽了哈哈大笑。

這位手下意外地讚美將軍的鬍鬚，令上司開心不已。自然，這位部下所受到的回報也會令他開懷大笑，並讓同僚們羨慕不已，這就是善用出奇不意的讚美而得到收

穫的例子。

在這裡，有一點必須告訴讀者們，過分的讚美也會讓對方不安，然而這種負面效果的說話手法，常常被上司所使用，他們的目的是要激勵下屬，卻得到了很好的效果。

例如：一位新職員，因爲寫得一手漂亮的字而時常受到上司的誇獎，他反而會誠惶誠恐、疑神疑鬼。

以他一個小小的職員，因這一點非關職業的優點而受到上司時常的誇獎，那肯定是自己分內工作做得差的緣故。因此，這便使他產生沈重的心理負擔，誤以爲實際上的自己並不優秀，上司只誇獎他那些無關痛癢的事，而絕口不提他的業務情況，是暗中對他進行警告，無形之中，他或許會產生一點反抗意識，工作起來也就會更加專心和勤奮。這正是聰明上司透過操縱屬下的情緒而達成任務。

當人們被人奉承時大都是愉悅的，這種狀況可從兩方面來理解：一方面是「自我受肯定」的欣喜，亦即再次肯定自己的優點和長處，並和對方有同樣的心理感觸；另一方面是「自我宣傳」的滿足，即是自己並不知情，只是潛意識中覺得他人的誇獎對自己有利罷了。

而後者所營造的語言藝術效果優於前者，相同的狀況在新聞活動中更是時有所聞，被記者的攝影機所捕捉的焦點人物，誰都不願被抨擊或被挖出八卦，大家都喜歡被正面肯定。

曾經有位詩人，受到最高行政長官無數次稱讚，這些甜蜜動聽的語言對他產生很大的影響，他覺得自己正受到賞識和重視，無論是自己的文學創作還是精神狀態，都有煥然一新的感覺，於是他憤世嫉俗的狂妄姿態也逐漸改變。

其實，人與人之間關係再怎麼密切，也無法徹底瞭解對方的個性，更難以掌握對方的真正想法，只有觸動他內心最脆弱的一面，才能輕鬆駕馭他的想法。

我們必須注意一點：讚美永遠不嫌多，若只說一次便不再說，或只有上文而沒有下文，其效果同樣也難以擴大。因此，若能反覆使用各種手段，將可達到操縱對方情感的目的。

【018】老處女就寫不出浪漫小說嗎？

生活中的瑣事特別多，人不可能把每件事都處理得井井有條，恰到好處。隨時隨地都可能因爲一件小事而與別人發生衝突。

在某大學裡，有一位教哲學的老教授，在講課時喜歡談些深奧難懂的大道理，以致很多學生都在暗地裏稱他爲〔老學究〕、〔老夫子〕。

當時有一位學生，他的雄辯才能聞名全校，聽了這位教授的幾堂課後，便決定要爲難爲難他。

有一次上哲學課，教授問問題時剛好點到他的名字，他很有禮貌地站起來，對教授行了個禮。

教授開始問：「請你解釋什麼是人性？」

「人性就是人們遵守人道。」

「那麼，人性的具體含義是什麼？」

「是道德賦予人類的本質。」

「請舉例說明。」

「譬如理性、潛在意識等。」

「什麼是理性？」

「理性就是對感情的嚴肅總結。」

教授又問道：「難道感情不屬於人性嗎？」

「不是，它們同在，但人性是決定理性的附屬品。」

學生的答話，完全沒有人聽得懂，但這語法就和老教授的語法完全一樣。

結果，這位教授被弄得面紅耳赤。因爲他平時的說話方式就和那位學生的方法一樣，令人不知所云。

後來，那位教授開始自我反省，提昇了表達方法。

事實上，抽象的詞語並沒有說服力，只能唬唬那些一竅不通的人。最好的例子，就是在選舉時，候選人爲了選票，尤其是當他面對的是一群勞工階級的選民時，他絕不會用一些抽象的政策或政見來演講，反而要用具體（如減稅、補助）和情緒字眼（我們一起打拼、我是你們的鄉親），來激發群眾的情緒及認同，而且用語要愈簡單愈好，愈有鄉土味愈好。

相對的，當政治人物不用回答記者或大眾某些敏感問題時，就要用〈抽象〉的名詞來回應，讓人在表面上看見他很有誠意地做了說明，但說了什麼大家都沒印象，也聽不懂。

因此，語意上的抽象和具體策略，是兩個很好用的工具；尤其是抽象語意，如果有人對你說一堆抽象的話，事實上，他就等於和那位老教授一樣，打從心底根本就不希望人家聽懂他在說什麼，一來可以混些鐘點費，二來也可以讓人不會看穿他的恐懼，甚至可以建立起他的權威性。

而且，抽象語句，是沒有正確的意義的，就好像一位詩人對文盲講解什麼爲〈後現代主義的審美觀〉一樣，這種抽象的問答永遠沒有正確的答案，隨便人家怎麼去解釋，說穿了就只能算是文字遊戲。

曾經有一位作家，他不曾出國旅行，卻寫了一本《海外旅遊指南》的書，結果很暢銷。

有人譏諷他說：「你何苦這樣自欺欺人呢?誰不知道你有懼高症，根本不敢坐飛機，怎麼可能去國外旅行?」

那位作家卻理直氣壯地說：「難道非要到喜瑪拉雅山頂上去吹風，才知道寒冷是

什麼東西嗎？」

就這樣，作家一個簡單又抽象的比喻，一下子就使得對方無言以對。

此外，在與人爭論時，你若要使對方心服口服，一般都要講道理說服對方。不過，如果你沒有駕馭語言藝術的能力，對方即使理解你的意思，也會輕視你的程度。說不定他的內心已經同意你的想法，而表面上卻與你爭論不休。

引經據典的策略，是很有效的，但所引用的句子和事例，最好是眾所皆知的，真理之所以能夠長存，就是因爲它已經被無數人所認同。

俗話說得好：「讓事實和時間來證明一切吧！」

這樣的話是任何人也無法反駁的。

有位女作家擅長寫言情小說，深受中學生及女性上班族的喜愛。不過，仍然有人抨擊她說：

「她不是一個老處女嗎？怎麼能把男女之間的愛戀情節寫得那麼逼真呢？難道她的生活原來是如此放蕩不拘嗎？」

聽到這種流言蜚語後，這位女作家馬上在報上登載一則啓事：「如果這種邏輯真

能成立，我想請問，是不是一定要有坐過牢的作家，才能夠寫出有關囚犯的小說？是不是只有行爲踏遍火星的作家，才寫得出關於火星人的作品？一個在內陸長大的人，爲什麼敢斷定餐桌上的海鮮營養豐富呢？難道要寫靈異或科幻小說的人，一定要先死一次到了地獄作了鬼，才能寫出來嗎？」

從此以後，再也沒有人對這位女作家的作品發出質疑。

【019】如何讓〔猴子〕無法說〔NO〕！

達爾文的《物種起源說》中提到：人類的祖先是猿猴，猴子不僅從外觀上和人類有相似之處，在行爲上也有一定的相似程度。就是這點〔相似之處〕，我們也可以對猴子運用〔攻心〕策略。

曾經有一位遊客到森林裏玩，不慎掉下懸崖，所幸他在下墜的過程中，被一些藤蔓牽絆減緩了降落的速度，當他落地後只受了一些輕傷。

由於這片森林很大，他走了整整一天還是無法走出去，更可憐的是，他開始感到

饑餓，但在這片鬱鬱林海中，除了樹上有些野果外，再也找不到可以充饑的食物。

這名旅客因爲身上有傷，再加上森林裏經年陰森，樹幹上長滿苔蘚，他沒有辦法爬上去。正感到絕望時，許多猴子出現在他身邊。他走路的時候，猴子就跟著他走路；他舉起手，猴子也跟著他舉手；連他大聲的呵斥，猴子也馬上摹仿，嘴裏吱吱地亂叫。

遊客發現猴子喜歡摹仿人的舉動，於是想出一個辦法，他折了一根樹枝，將猴子全都趕上樹梢，那些猴子在樹枝上蕩來蕩去，還不斷學著他的姿勢。

遊客從地上拾起一些土塊，向猴子擲去。那些猴子見狀，以爲遊客是和他們在玩，也紛紛摘下野果向遊客丟擲。

不一會兒功夫，野果就散落一地，靠著這些野果充饑，遊客最後終於安全地走出這片森林。

懂得站在對方的立場，去發現對方的欲求或需求，藉此再去說服對方，這才是最省力和成本的〔攻心〕策略。

事實上，當某個人一開始對你的請求說〔不〕的時候，通常都沒有加入感情因素，只是基於一些他不方便啓齒的現實考量。如果你不懂這個道理，只是想正面說

服對方，往往是白費心機。

有一個電視節目想拍攝一部幼兒生活的短片，他們選定電視臺附近的一家幼稚園進行洽談，卻遭到一位太太的拒絕，雖然她說了很多理由，但實際上只不過是表面上的搪塞。

那位節目主持人有一定的說話技巧，他認真地設想對方真正的目的是什麼？然後他把自己假設成那位太太，立刻就知道對方擔心的原因。

他再度登門，對那位太太說：

「我可以提出三個保證，希望你考慮。第一，我們將所拍攝的影片留下一份拷貝，送給你們保存。第二，我們願在拍攝成功後贈送幾盒錄影帶給你們，因爲這些影片可以作爲老師們的參考資料。第三，我們下一次來時，一定會提早一個月通知你，並在取材及企劃案上徵詢你的意見。」

結果，那位太太很快就答應了他們的請求。

事實上，很多沒有達成共識的爭執，都是因爲雙方各執一詞，不肯互相爲對方著想所造成的。如果你能從對方的立場出發，考慮對方的情感因素和實際困難，就能輕易地解決問題。

【020】讓固執的人，從別人身上看見自己

每個人都有固執的一面，也就是每個人多少都有自己的性格和原則，你如果只想用語言，就要說服某人的頑固想法，爲你而改變，你就需要正確的說話策略。

如果你只想憑一時衝動和一些你自以爲對的道理去說服對方，不但收不到效果，對方反而會更頑強地抵抗。

在這個情況下，你與其直接去說服對方，不如運用借力的策略，讓他去說服第三者，好讓他知道自己的問題所在。

但前提是第三者的情形和他類似，由於他們〔狀況〕差不多，他也就比較容易有反省的機會。

原則上，當他在試圖說服第三者的同時，也會對第三者的不良行爲產生反感，而聯想到自己的所作所爲。只要是聰明的人，都會產生悔過的心理，進而痛改前非。

如果你家中小孩調皮任性，整天不專心學習，只是一味貪玩，更因爲他是你家中唯一的男孩子，一直受到祖父的溺愛，致使你的管教沒有多大的效果。

這時你若用威嚇或打罵的方法去說服他，便會使他產生反抗心理，他的祖父母也會橫加阻攔，使你管也不是，不管也不是。

在這種兩難的情況下，你就要摸清小孩好勝的心理，用〔借力使力〕的說話策略來教育他。

例如，你可以對他說：

「鄰居的小孩貪玩，不好好上課，你年紀比他大，應該幫助他，讓他專心學習。」在幫助鄰居小孩的過程中，他也會養成良好的習慣。

可見借力使力的手段是多麼巧妙，僅僅幾句話，就能讓你達到目的，又使你表面上看起來置身事外。

我們經常見到〔爲爭論而爭論〕的現象，想在這樣的爭論中說服對方是非常困難的，因爲雙方各執已見，你來我往的爭辯，只會使雙方堅信自己理論的正確性。

也就是說，你的意見只會招致對方的反駁，使雙方更加對立。處理這種局面，你必須當機立斷停止爭論，轉而請求對方去說服第三者。

SECTION-1

看故事學［攻心］說話策略

現今社會有些青少年自小沒有受到良好的教育，因而成爲社會的不安定因素。這種人多半有一種自暴自棄的心理，若你用嚴厲的語言批評他，用深奧的道理感化他，成效不明顯。

如果你請他開導另一位不良少年，反而會產生意想不到的效果。因爲當他說服別人時，勢必會逐漸對對方的抗拒產生反感，無形中也對自己的言行感到懊悔。

你不妨這樣對他說：

「小明是個非常不孝的男孩，他父母爲他操盡了心，他還經常使父母傷心。」於是你請他去勸勸小明。在他說服小明的過程裏，就會覺得自己也被說服了。

當然了，在應用借力使力的說話術時，要針對不同的人採用不同的語言表達方法，如果是青少年，就可以用誘導的語言勸說；如果是生意往來的對手，你可以不動聲色地運用這個策略；如果是窮兇極惡之徒，你就得義正辭嚴地曉以大義，並以法律的力量來讓他臣服，才會有立竿見影的效果。

【021】〔不說話〕的說服策略

有時候，話太多不見得是好事，反而會壞了大事。西方古諺也曾說過：「一個人的話太多，代表他說話是不用腦子的。」

心理學家認爲：無聲語言所顯示的意義，要比有聲語言多得多，而且深刻得多。

曾有國外的心理學家還對此列出了一個公式：

人與人之間的訊息傳遞＝7％言語＋38％語氣＋55％表情

對這個公式中，言語、語音、表情在信息傳遞中，信息承載量的比例尚可作進一步的研究和探討，但它強調無聲語言在人際傳播中的作用，還是有很大的意義。

因此，真正會說話的人，不僅會用嘴說，還要懂得如何用〔不說〕來說，同時也必須會用表情和肢體語言。

SECTION-1

看故事學［攻心］說話策略

本書所探討的〔說話攻心術〕，重點既在〔攻心〕，就要以〔心〕爲重，針對我們要攻的對象，分析他的心理狀態和弱點，什麼時機點該說什麼話？什麼時機點不該說什麼？或是該說多少話？不該說的，一個字也不多說。如此才能攻到對方的〔死穴〕，說得恰到好處，剛好打中對方的痛點，不會太輕也不會太重，才算得上是說話的〔策略高手〕；並非多說或口若懸河才是說話高手。

在兵法中，以靜制動，以虛待實，甚至以逸待勞，都是以無爲牽制對方的積極，這是一種心理戰，也是一種超高智謀的策略。因爲，我們可以用最小的成本，就掌握了勝算，驅敵退敵於無形無聲無爲之中，這才是真正的策略高手。

同樣的道理，在某個時機點，如你懂得運用〔無聲勝有聲〕的策略，也就是用〔不說話〕的說話術，用肢體語言或眼神或你的姿態和氣勢來說話，反而會比你滔滔不絕來得有效。

幾年前，我認識的一位印刷廠老闆得知另一家公司，要購買他的一台舊印刷機，他感到十分高興，但是外表卻有一付不在乎的樣子。

經過一再計算，他決定以二百五十萬元爲底價的價格出售這台機器，他告訴我，

他已準備了充足的理由要說服對手成交。

我一直很好奇，他到底要用什麼樣的〔談判〕策略，來讓對方乖乖地掏出錢來買這台舊機器。於是，徵得他的同意，我就和他一起去談判。

議價會議時，他坐在談判桌上，以沈穩的氣勢不說一句話。

果然，過了幾十分鐘，大家的客套話說完了，買主首先沈不住氣了，他滔滔不絕地對機器進行挑剔，希望把價格砍得更低。

然而，面對買主的一再殺價，我這位印刷廠的朋友很沈得住氣，一言不發，只是報以微笑，這樣的舉動，讓買主摸不著頭緒，甚至亂了方寸，因爲買主完全想不透我這位朋友，到底在玩什麼花樣，他也不反駁，也不據理以爭，完全和買主所設想的不同；這時，買主心頭一驚，心想：難道這位印刷廠老闆早就已經找到了買主，所以才如此老神在在。

最後，買主按捺不住了，心理防衛完全崩潰，低聲咬著牙說道：「這樣吧！我出三百五十萬元，但除此之外，一個子兒也不能多給了。」

三百五十萬元！這比印刷廠老闆原來的估價要高出許多，這是他始料不及的，就這樣，這場談判會議，印刷廠老闆〔不說話〕就順利賣出舊機器了。

事後，我問這位朋友爲何如此有信心？敢用如此大膽的策略？

原來，他早就聽了這位買主，因爲和股東拆夥，手上資金不多了，但最近又接了一批貨要印，沒有機器肯定交不了貨，一旦違約損失更慘重，他是無論如何都要買的，因此，爲了壓低價格，他只能虛張聲勢、投石問路，試試能不能省點錢，事實上，只要賣方不要太積極回應，感覺上好像可賣可不賣，或者已經有人搶先出價了，買方心理上就會開始恐慌，深怕價格出得太低，失去了這台舊機器，因此才會急著出高價買下這台舊機器。

前面說過，運用這招〔不說話〕攻心術，要選擇某個時機點；這位買主的急於成交，就是最適合這個策略的〔時機點〕，因此在運用此策略前，必先分析是否適合運用這個沈默策略，並非所有狀況下都可以運用。

「以靜制動，以逸待勞」是中國古代的謀略術語。

老子也說：「虛而不屈，動而愈出」，同時也要求人們「抱樸守靜」，以觀其動。強調「知其雄，守其雌」、「知其白、守其黑」。

意思是說，如果我們能把激烈的情緒平息下去，以一種清靜無爲的心理狀態，

敏銳地觀測事物的變化，就能抓住關鍵點，迅速攻擊，克敵制勝。

因此，我們也提倡在談判活動中「貴虛」、「尙靜」，以一種清明澄靜的心理狀態，攻破對手的心理防線。

此外，「貴虛」、「尙靜」有兩層涵義：一是指擁有清虛、敏銳、明澈如水的心境，這是一種特殊的心理狀態，靈感火花的激發，就是在此心理狀態下的直覺體悟和生命經驗。二是指冷靜地預測事態的發展變化，抓住關鍵環節，出奇不意，突襲對方的〔死穴〕。

因此，在運用這種「不說話」技巧時，如談判雙方在關鍵問題或有爭議的問題上，對方急於要求你表態，這時你都必須反其道而行之，一言不發或者避而不談，藉以激怒對方，擾亂對方的心理，進而改變對方談判的態度。

再者，當對方處於優勢，己方處於劣勢時，在行動上採取以退爲進的方法，靜觀其變，然後，伺機扳回劣勢。

【022】莊子的〔模糊語法〕策略

《莊子．山木》中記載：莊子和眾弟子出遊，行至一片森林之中，看見一位農夫在砍伐樹木，令他們奇怪的是有一棵樹特別高大，枝葉茂盛，但農夫卻對它視而不見跳過不砍，莊子便問農夫是何道理？

農夫說：「這棵樹雖然看起來枝葉茂盛，但它卻外實內空，沒有用處。」

莊子馬上借題發揮對弟子道：「你們明白做人的道理了吧？那些樹由於有用處而喪失生命，這棵樹卻因爲沒有用處而得以苟且偷生，你們要記住這件事，做人也要虛無一些，否則便保不住性命。」

眾弟子齊聲說：「記住了。」

由於出遊時天氣炎熱，莊子便率弟子們到一位朋友家裏歇息。

由於他們遠道而來，熱心的主人特意殺了一隻鵝招待他們。捉鵝的時候，主人的小兒子問父親捉哪一隻。

慈祥的老者便吩咐小兒說：「就捉那隻不會叫的鵝吧！」

莊子在旁邊馬上補充說：「你們看到了吧！這隻鵝因爲沒有用處而保不住性命，這和你們做人的道理一樣啊！在這個社會裏，優勝劣敗，誰沒有用，誰就連性命也難保。」

弟子中一位頭腦比較聰敏的，見老師教誨的方向忽東忽西，便問莊子：「老師，樹木由於沒有作用而保存性命，家禽因爲沒有作用而喪失性命，我們究竟應該怎麼做呢？」

莊子明白自己的言語邏輯出現了失誤，讓學生抓住了把柄，他靈機一動，用〔模糊語言〕策略回答說：「做人應該中庸一點，有時候要視環境決定做人的標準，不能拘泥固執，該表現的時候就表現，不該表現的時候就把自己偽裝起來。」

南宋著名的抗金英雄岳飛被奸相秦檜陷害入獄，受審時就受到主審官這種模糊語言的攻擊，一句〔莫須有〕便使他走上風波亭的斷頭臺。

大千世界中，你無法以一種固定面目去面對每一件事物，有些事情需要你去搪

塞，有些目的需要你去掩飾，有時候說話不能太肯定，有時候又不能說得太明白。

在這些條件限制下，你在運用說話術時就要閃爍其詞，含糊帶過。在商業活動或家庭生活中，如果你發現某些問題，自己不能坦誠相待，但又無法迴避時，就可以運用這種語言策略，讓對方無法按照固定刻板的思維模式和你爭辯，不過這種「兩面人」的說話術應慎用爲妙。

綜觀高明政治家的說話技巧，可以發現他們有一個共同的特點，即含糊其辭，出言謹慎，甚至話中語意互相矛盾，例如一位政治家面對記者說：

「這是一件急需解決的重要事件，應該深思熟慮，認真處理。」

他說話的真實意圖是什麼？是應該要馬上處理呢？還是需要緩一緩，需要長時間的深入研究？誰也不明白。

在你的周圍，經常會發現一些成天叫嚷要辭職不做的人，背地裏卻拼命工作以搏取上司的好感，不讓被炒魷魚的事降臨在自己頭上，這也是不讓別人對自己有一個完整明確的印象，企圖矇騙他人的手段。

英國著名的戲劇大師莎士比亞寫過一部名叫《亨利四世》的喜劇，劇中有一名慣賊，被警察捉住後，信誓旦旦地表示要痛改前非，重新做人。

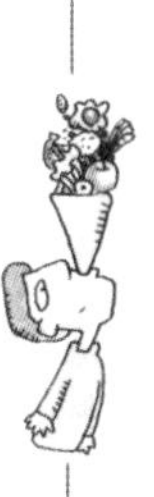

然而他出獄後，一些從前的黑道夥伴再次拉他下水時，他一下子就答應了。有人問他為何言而無信，他卻理直氣壯地反駁說：「喂，哈爾！這是我的職業，不是嗎？你們都知道忠於職業無罪。」

這顯然是一種厚顏無恥的狡辯，他將職業和惡習混為一談，用來欺騙自己。這種說話術通常巧妙地把事物的兩方面混為一談，藉以達到混淆視聽、迷惑別人的目的，對於言語混亂，思路不清的說話者，人們往往無法對談話內容迅速有效地歸納出一個統一的印象。

這是一些常見關於誘導別人失誤的反面例子，雖然大家會對這些小人嗤之以鼻，但還是可以從中歸結出一些說話技巧。

【023】弱者，是最高明的說服者

十九世紀末，美國芝加哥有一位保險核定員，被法庭指控為詐騙保險金而犯下縱火罪，拘押期間被人保釋，由於怕事心理作祟，便在罪行未定期間想盡辦法逃避法律制裁。他認為自己逃避法律懲罰的唯一機會，就是說服他的速記員，讓她提供他不在犯罪現場的證據。這位速記員叫米德雷．史培莉，是一位優秀的年輕女子，受雇於他已有多年。

起初她拒絕替上司作僞證，後來禁不住上司的妻子和女兒的苦苦哀求，便決定幫他。於是她對法官說：「克拉克（她上司的名字）那一天在芝加哥，並沒有到犯罪現場去。」

結果克拉克因爲犯罪證據確鑿而被判有罪，這位可憐的女子也因此被法官指控犯下僞證罪。史培莉不願因此身陷囹圄，於是委託一位著名律師幫她辯護，這位律師被她的苦求所感動，答應替她出庭辯護。

隨後，這名律師親自帶史培莉去拜見州長，當他委婉述說當事人的無辜不幸和服

刑可能出現的悲慘結局時，那位州長也忍不住熱淚盈眶。

由於這是芝加哥第一件詐騙保險金的案例，所有的人都很注意這件案子的審理，州長原本也堅持要對犯罪者嚴懲不怠，但他終究被那位律師的話打動而改變初衷，並反過來同情這名女子。

「可憐的小姐，我理解你爲什麼會這樣做。」州長邊擦眼淚邊說。

「州長，我希望你能原諒她，她家全靠她一個人賺錢養活。」

律師趁機又補上一句。

州長猶豫了一下問：「她被判幾年刑？」

「法庭還沒有判決，要下星期才開庭審判。」

州長微笑著，然後喃喃地說：

「既然這樣，我會等到這位小姐判刑後再寬赦她。」

最後那位女速記員笑容滿面地走出了法庭。

就這樣，這位律師完成了不可能的任務，而且只憑一張嘴，運用的也只是〔攻心〕的語言戰術，一開始就採取低姿態，不停地表現自己和女速記員的困境，以弱者的姿態，最後取得對方的同情而達成任務。

SECTION-1
看故事學［攻心］說話策略

事實上，還有一種語言技巧可以消除對方的警戒和恐懼感，就是故意暴露自己的一些弱點。如果你欲說服另一方，就不要特別強調自己的優勢，或千方百計地顯示自己比對方高明，俗語說：「大樹易折，弱草堅韌」就是這個道理，若是一心想使自己在最短的時間內占得上風，反而容易加強對方的心理防範。

如果那位律師在他見到州長時不是曉之以理、動之以情，而是侃侃而談什麼法律知識，或強烈譴責法律制訂者的疏忽，感嘆什麼人權和法制觀念的不周到等，那他注定無法讓州長改變初衷。

如果你跟團旅遊，孤單寂寞，想和鄰座的人聊天解悶，那麼就必須先讓對方放棄戒備心理，使他對你產生一種親近感。因此你不妨說：「先生，一個人出門真是寂寞，我膽子不是很大，能和您同行真是幸運。」

如果是一位纖弱的小姐，你不妨對她說：「小姐，你能幫我一個忙嗎？我第一次出遠門，忘記帶頭痛藥，你有這些藥嗎？」

這樣的話一出口，對方會發覺原來你和他們差不多，也是初次出門。

此外，你在語言中可以暗示他們，你其實是家世清白的尋常百姓書生，根本不可

能有什麼不良居心，他們便會放心地與你接近，相信你這次旅遊一定既輕鬆又充滿情趣。

這種有意無意自我貶低的語言技巧，所產生的效果十分明顯。如果對方是一個頑固的獨身主義者，你不妨現說一些恭維話，提高他的身份地位，他便會坦然與你交談，只是這種說話術要把握尺度，稍一過分，別人就會認定你是小人或無賴。

當一個人發現自己可能會被對方指責時，最佳的語言技巧就是不發且可制人，把自己的觀點悉數說出，必要時也把自己的弱點明白公開，然後裝出誠心悔改的樣子數落自己一番，在兵法中這招叫做「自曝其短」，對方看到你主動承認錯誤，就不便再厲言相責。

當你有求於別人時，運用的語言技巧具有相當的關鍵性，說出請求後如果再加上一句「這不會讓你太爲難吧？」或「我的要求是不是太過分了？」

即使你的確有些強人所難，對方也會不忍心拒絕你的請求。

面對心理上有嚴重自卑傾向的聽眾，不妨故意說一些錯誤的話語，或做一些惹人發笑的事來降低自己，這樣可以拉近彼此的距離。

同樣的道理，當你的談話對象素質不及你時，也可以採取誘導對方開口的說話

術。

面對一位有嚴重自卑感和自閉傾向的說話者，溝通中最大的困難就是如何除去對方第一次和陌生人談話的拘泥和不安，並縮小雙方的社會差距感。

一名患有這種毛病的女孩瘋狂迷上一位男影星，但她又沒有勇氣衝上台和心中偶像親近，更不敢像其他那些大膽開放的女孩一樣，瘋狂地衝上前去抱住自己心目中的偶像。

每次她看到這名男影星時，都躲在一旁，或偷偷地跟著對方的車子。

有一天，這名影星知道這名女孩的情形後，便主動走過去，握著她那因過度激動而顫抖的小手說：

「假如我的太太像你這樣喜歡我的職業，那該多好！」

那女孩馬上振奮起來，鼓起勇氣和他侃侃而談，轉眼之間就像變了個人似的。

這種降低自己的身份或暴露自己缺點的〔攻心〕策略，可以很有效地打開對方的心防，也可以讓對方降低敵意，是化解衝突很有效的一個心理戰術。

【024】法官問話的〔誤導策略〕

從前有一位九十九歲的長者作壽，同村人均來祝賀。村裏有一位愛逞口舌之快的遊手好閒之徒，經常東家一言、西家一語的胡說八道，以致村裏人都討厭他。這次見老者作壽，他又想去混頓飯吃。

所有的來賓還未入席前，這人便對老者鞠躬作揖道：「祝您老人家長命百歲，希望我明年也能祝賀您百歲大壽。」

老者馬上說：「好啊！我看你的身體沒什麼大礙，明年一定能來爲我祝壽。」

這時，所有來賓一齊哄堂大笑起來，弄得這位平時油嘴滑舌的傢伙狼狽不堪，飯也沒吃就灰頭土臉地跑了。

這位老者所運用的語言策略，正是抓住對方語意的模糊性，讓對方不知不覺掉進自己無意中設置的陷阱裏去。此外，有些問題太尖銳，你回答時就要考慮對方的身份和自尊心，不能隨口就說。

最好的方法是答非所問，先誘導對方犯下邏輯上的錯誤。

例如你的女友問你：「我長得漂不漂亮？」

你該如何回答呢？

如果你是不喜歡隨便恭維人的人，而你的女友又非漂亮之人，你不妨考慮一下再說：「要是你的鼻子再挺一點，眉毛淡一點，嘴唇性感一點，就是閉月羞花之貌，沈魚落雁之容。」

這樣的回答必然會讓女友嘖嘖稱是。

就這樣，你靠著語言技巧，既點明了女友的不足之處，又沒有使她生氣，實在是一舉兩得。

實驗證明，所有的人在回答問題時，都受到對方發問角度和方式不同程度的影響。聰明的發問者總是預先埋下伏筆，讓對方不知不覺中失誤陷入語言的陷阱。

法庭上的審訊就經常出現這種情況，法官往往會這樣問嫌疑犯：「你是否已經停止毆打被害人了？」

如果回答「是」，則表示你曾經毆打過受害者，如果你回答「沒有」就表明你還在對被害人進行人身傷害。

事實上你或許根本沒有傷害別人，但法官的提問中不知不覺隱含了一個前提即「你曾經毆打過受害者」。

這種說話技巧就是典型的誘導策略。

一名餐廳經理發現服務員在詢問顧客「是否要吃雞蛋」的效果不太明顯，於是他要求服務員換個方式徵詢顧客的意願。

最後，服務員改成問顧客：「先生，您是要一個雞蛋還是兩個雞蛋？」

大多數顧客都會擇一而答，這樣一來，可使雞蛋的銷量大增。

又譬如有位朋友在你家作客，你不知道他是否要留下來吃飯，想明白地問一聲又怕為難朋友，此時不妨問：

「今天想吃什麼？是中菜還是西餐？」

用這種策略發問時，要注意對方的年齡和身份，以及文化修養與性格特徵，有人

爲人熱情爽快，有人性格內向；有的馬馬虎虎，有的謹慎小心。

每個人的性格不同氣質必然相異。如果沒有考慮這些條件而隨便發問，便會有意外的狀況發生。

【025】實話實說的房地產經紀人

一位名不見經傳的房地產經紀人，對於一些想有一幢大廈安居又遲疑不決的顧客，他總是鼓動他的三寸不爛之舌，使用果敢的〈現在式語言〉去說服，而讓顧客心甘情願地掏出錢來買下房子。他這樣對顧客說：

「太太，這幢別墅前面的公路有五十米寬，公共汽車從市中心直達門口，離火車站和飛機場都只有幾分鐘的路程，而且還有專車接送。門前的大道全都鋪上柏油，每隔十米一盞路燈。此外，有現成的自來水、天然氣設備，還有醫療衛生、教育娛樂等輔助設施。這兒空氣清新，有如居於花園之中，絕無噪音和環境污染，一年四季都讓你倍感舒適愉快，冬暖夏涼、氣候宜人，時時刻刻讓你如沐春風，青春永

駐……」。

這套商業用語完全不同於過去式或未來式，甚至讓人感覺不到一點誇張和虛假的成份，只是平鋪直述，層層剝筍般地描述現在發生的事實。

這種說話術容易使對方對你有一種新奇感，進而產生良好印象。當這些印象連綿不斷地灌進對方頭腦中，在慢慢累積和現實重疊時，便會造成錯覺，不但會減弱防守心理，也會喪失對事物的客觀判斷。

一般而言，女人對充滿浪漫感情色彩的話題最感興趣，當你要說服或取悅某位小姐時，不必像那位巧言善辯的房地產經紀人，滿口都是一些現實的話語，這樣的話語對於充滿幻想的女孩子是起不了任何作用的。這時，你只要多講幾句誘惑煽情的語句，就足以打動她的芳心。

「我吃喝玩樂樣樣都會，但每樣都不精，而且小毛病特別多，可是我真的很喜歡你，雖然我現在很貧窮，一點薪水只夠每天送給你一朵玫瑰。但5年後我肯定不是現在這個樣子。我會有一幢小樓房，會特別蓋間溫室種些花草，一天只須澆一次水，你就可以抱著孩子坐在草坪上盡情享受日光浴。另外，只要你喜歡，我還可以再買一隻寵物送給你。」

哪怕是一位矜持的小姐，聽到你這番求愛的話，也很難不怦然動心。

懂得攻心說話術的精髓，不僅能讓你在針鋒相對的談判中占上風，還可以幫你得到想追求的任何東西，達成你的心願。

聰明的說話者可以使顧客忽視產品內容，只用外在條件來衡量產品的價值。

然而，低價格的商品品質也許並不很差，但由於消費者被廣告或不實訊息等因素誤導，人們在購買時，當然會選擇那些看上去幾可亂真的仿冒品，反而不重視商品的品質，這也是爲什麼很多仿冒品或低價商品一推出之後來勢洶洶，卻又在短短的幾個月後就不見蹤影的原因。

因爲仿冒或低價品，雖然價格底，但內在的品質和價值不夠高，反而讓人不想去珍惜或保存，產品生命期也不會太長。

在這裡，想提醒企業不僅要懂得〔攻心〕術來做吸引顧客的廣告，更需善於經營，應善用〔質量〕這一張王牌；否則，名聲在外而無其實，終至失敗。

相對的觀念是「酒好不怕巷子深」，現代人則應採取「酒好」，但「巷子」也要短的經營之道。

【026】拉近距離的〔釜底抽薪〕策略

日本前首相中曾根康弘第一次訪美時，故意不用真名示人，此事引起國際社會的廣泛關注。

雷根總統接見他時，見翻譯所說的名字並非是日本首相，不禁一愣，隨後才恍然大悟，且用同樣的方法回敬對方。如此一來，雙方自動強調各自的立場，距離無法拉近，自然沒辦法達成共識。而日美關係最終並沒有更進一步發展。

這是一個人際互動上完全錯誤的案例，因爲不坦誠使用真名，會讓對方失去信任和安全感，彼此的隔閡就會加深。

從心理學的觀點來看，人與人的心理距離越來越近時，他們的稱呼就會由頭銜而改爲名字或小名。

相對的，人與人的距離如不能拉近，或者彼此間存在著隔閡，不僅是商場對手，

甚至連父子、母女間存在的代溝或誤會，都可以說是人際關係上的障礙，也就是釜底下的〔薪〕，如果能抽掉這個〔薪〕，也就是造成隔閡和對立的關鍵，自然彼此關係會拉近，許多話對方也聽得進去。

有些人雖然不常和對方見面，每次打招呼卻都直稱對方的姓名或小名，這種策略可以讓人產生每天見面或彼此很親密的錯覺。

這就是〔釜底抽薪〕的策略運用之一，雖然不常見面，或者關係不密切不深，但一見面就抽掉了造成隔閡的〔薪〕，彼此就不會生疏。

然而，沒有利害關係的雙方，固然可以因爲一句小名的稱呼而親密起來，但有嚴重衝突的兩方，反而容易增加對彼此的反感。

利用語言來俘虜對方，主要靠說話者的智慧和生活經驗。除此之外，運用語言技巧也甚爲重要。有些人不重視語言的妙處，以至於自己失敗後還找不到原因。

打個比方，如果你遇上一位不好相處或不易交心的朋友，不妨運用變換稱呼的方式來縮短你們之間的距離，而口吻也要自然熱情。千萬不能油腔滑調，或明顯帶有戲謔的口氣，否則對方會以爲你是在裝腔作勢，若能因此而拉近兩人的距離，則談話更能觸及核心，達成你想完成的任務。

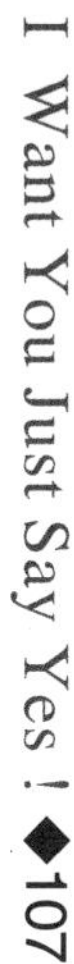

這種人與人之間還不是很親密的情況，容易讓對方防備心理加重，若要消除這種隔閡，用〔釜底抽薪〕的說話策略最易奏效。所謂的〔薪〕就是指對方的戒備狀態，如果能攻破對方這一層心理防衛，自然而然就容易親近。

一開始或剛見面，就直呼小名是使雙方關係更進一步的捷徑，因爲雙方感情上的共同點若得到認可，就會覺得對方原來是一位很可愛的人，溝通起來也就容易得多。

一對新婚夫婦，在婚禮上被親朋好友起哄，要求公開戀愛經過。新娘說：「我們剛認識時，彼此之間並沒有很強烈的感覺。但有一次他突然叫了聲『鈴兒』，我們的感情從此便發展迅速，最後就下嫁於他了……。」語音剛落，便引起人們的陣陣歡笑，有的人甚至拍手叫好。原來男友一直以姓名稱呼她，突然間喚她的小名，使她一下子產生一種親近感，突然發覺他是那麼體貼且有親切感。二人於是難捨難分，終結百年之好。

如果你是上司，手下的部屬傲慢又無禮，首要作法就是澆熄他的囂張氣焰，使他面對現狀，然後再語重心長地對他進行勸導、建議，使他認識自己的錯誤。

說話雖然有多種技巧，但並非是獨立的，有時可以綜合運用。面對視自我利益高於一切的部屬，不妨先用抽薪止沸的方法使他從目空一切中冷靜下來，對自身有一

個清醒的認識，然後再攻入他的心理弱點，讓他對你忠心不二。

運用這種方法必須注意：你所要對付的對象，一定是那種頑劣不堪之人，雖經別人多次勸導仍無濟於事的頑固者。面對這種部屬，消除他的傲慢心理就是「俘虜」他的關鍵。

約翰是麻省理工學院的高材生，在校期間曾因發表《巨集觀控制與微觀調節》的論文而聞名全校，他自己也引以爲傲，沾沾自喜，從不把別人放在眼裏。

畢業後他幸運地被華爾街一家大公司網羅，聘爲高級主管。由於他一直心高氣傲，很少與同事往來，並且常常批評公司上層管理人員，說那些人只是公司養的寵物，整天除了吃飯睡覺便毫無用處。

最後，公司所有的職員都對他產生厭惡感，這些情況漸漸被公司總經理知道了。這位總經理曾憑著一張能言善道的嘴，在華爾街赤手空拳打出一片天下，對語意心理學的研究頗有心得。

他聽取部屬報告約翰的情形後，決定給他一點小小的打擊。

有一天，約翰被公司總經理請進辦公室，在聊天的過程中，約翰仍然我行我素，

時而酸言酸語地指出總經理的一些缺點。

過了一會兒，前幾分鐘還心平氣和的總經理突然勃然大怒：

「親愛的約翰先生，我真的不明白，你的肚子中究竟裝了些什麼東西，令你走路時昂首挺胸，不可一世。我敢打賭，那裏面除了未消化的飯和骯髒的大便外，並沒有什麼特別的東西！並且，我在這裏向你報告一項好消息，一周後你就可以長久休息，你可以整日挺著草包肚子在街上晃蕩，如果這一周內你仍然無法彎下腰走路，我想我說的話將成事實。」

總經理恰到好處地止住了話題，裝出餘怒未息的樣子，看也不看約翰一眼，約翰原本以爲總經理讓他單獨到辦公室是要委以重任，不料被總經理劈頭訓斥一頓，他驚訝得張大嘴巴，剛才的傲氣剎那間蕩然無存。

約翰很清楚他的尷尬處境，在競爭激烈的美國，失業對每個人而言都是一場噩夢，何況他要有所成就，就得待在華爾街，這是許多求職者夢寐以求的跳板。

因此，他不得不從此誠心改過。

後來他成爲華爾街一位頗有名氣的證券投資顧問。

這位總經理所運用的語言技巧正是釜底抽薪術，先將對方有恃無恐的優勢一一加

以擊破，然後語重心長地勸戒對方，使其悔過自新。

釜底抽薪的要點在於從對方的談話中發現〔薪〕之所在，然後再果斷抽出，使之不再放肆。

【027】〔應聲蟲〕策略，打開心防

有一位語言大師認爲，當你重覆對方所說的話，當個〔應聲蟲〕或爲對方幫腔，還表現出肯定對方的表情，反而能洞悉對方的真正想法。

所謂的〔應聲蟲〕策略，主要是讓對方知道〔我正專心一意地聽你講話〕，不但表示對對方語言的重視，也可以此消除對方的心理防衛，進而深入對方內心，探察對方真正的意圖。

如果對方並不是邏輯縝密的高手，而是一位家庭主婦或一般店員，他們的語言策略和防衛就比較隨意，天南地北無所不談，事實上，這些話題也正是你攻入對方心

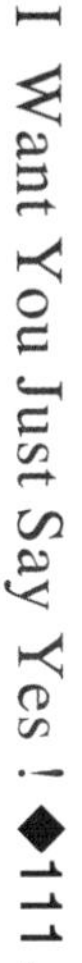

理禁地的最佳時機。

在與對方周旋時，幫腔分兩種情況：一種是滿懷誠意的幫腔；一種是隨聲附和，不含真實感情。

一般而言，當我們贊同對方的觀點時，往往會點頭示意；如果是小幅度而且快速的猛點頭方式，其實是已經知道問題所在，此刻你多半是裝腔作勢。

一位大學教授講過，如果某個學生在他每講一個段落時都會點頭兩次，可以肯定這位學生根本心不在焉，完全不知道教授所講的課程內容。

在對話中，聽者可能隨時會插上一句附和語言，表示對其所言的贊同。大致說來，附和語言主要有兩種：一是重述對方所言；二是提出附合，其中還夾雜著某種贊同的表情、語言、肢體動作。

有位推銷員和一位太太對話時，就使用了附和語言策略。

「太太，你的皮膚很適合用本公司化妝品。」

「可是，我已經有化妝品了呀！」

「哦！你已有化妝品了？」

「嗯，我用的是資生堂的化妝品，差不多該有的都有了。」

「都有了？」

「是啊！像我這種年紀的女人，平時不常出門。」

「哦，原來你很少出門。」

「不過，我的兒女都快要成家了，以後參加婚宴的機會可能會多一些。」

「唔，太太你的皮膚很不錯。」

「還好啦！每個女人都希望自己更漂亮一些，尤其是我們這種年紀的女人。」

就這樣，兩人一直順勢談下去，那位推銷員就是用這種附和的語言策略，先取得她的好感，然後一步步化解她的心防，瞭解了她的內心需求，再提出她想要的服務；而這位太太也會覺得這名推銷員善解人意，爽快地買下他的化妝品，儘管她已經有夠多的化妝品，還是難以拒絕推銷員的好心建議。

由於可知，再和人對話時，專心傾聽對方所說的每一句話，自然會使對方感到受尊重，對方也比較容易說出真心話。

在附和對方的語言時，你會不自覺地附帶某種表情，如一面答應對方的話，一面點頭表示贊同，這就是立即肯定和接受對方的談話內容。

如果慢慢地點頭，就表示你的贊同是經過認真考慮的。

如果我們仔細觀察可以發現，女性在聽人家說話時，點頭的次數比男性多。當她們說著〔嗯〕、〔是啊！〕、〔真的是那麼回事〕等肯定語言時，總是不停地點頭。

事實上，她們點頭只是出於情緒的反應，並不表示她們把話聽懂或聽進去了，女人是情緒性的動物，她們只不過是被對方的情緒所感染，在情緒上表示贊同而已。

相對的，當你與喜歡附和別人說話的人打交道時，一定要先分析他之所以這麼做的目的，是真誠還是僞善；是別有企圖還是出於禮貌而已。

如你能認真分析其中差別，必然有助於你在社交場合中，避免被騙或是被人設計。再者，自己爲自己幫腔是一種奇妙的現象。

例如，說話者已經被自己所營造的語言氣氛所感染陶醉，一面說話一面肯定自己，一人同時扮演說者和聽者的角色。所謂的自言自語就是如此。

某些演員故意在表演中，運用這種技巧來渲染當時的氣氛，以加深劇情的吸引力。這種人通常是自我主義者，喜歡唱獨角戲，同時兼具說、聽兩者的雙重身份，即是出於一種不允許任何人反駁，只有我一個人說了才算的固執心態。

話雖如此，但我們不得不承認，這種人在說服對方時，也有一定的魅力。

【028】修冰箱和愛情有什麼關係？

當你走進一般的商店，隨處都可以看見上面寫著〈本店嚴防假冒商品〉的招牌。也許這是某些商店爲取信顧客而採取的促銷手段，顧客往往認爲這些商店貨真價實而安心買下來，不料事後卻發現有些是假冒品。這類的事件層出不窮，或許一般人都曾經歷過。

同樣的方法也被一些沿路兜售貨物的小販所採用，他們雖然賣的是仿冒品，卻一本正經地提醒別人：

「唉！現在世風日下，缺德的人太多了，你們買東西時千萬要小心。」

由於這句僞善的〈忠告〉，許多家庭主婦便信以爲真，認爲他的商品是絕對的真貨，於是就買下，但不料竟然還是一些假冒商品。

由於這種人愈來愈多，使正直守法的推銷員難以生存。因爲這些顧客上了幾次當後，心理上便形成這種觀念：

「他愈是說好的商品，就愈有可能是次級品。」以後的推銷員即使推銷的是一些

貨真價實的商品，也很難說服那些顧客。

這種心理騙術也是請君入甕之法，它抓住了一般顧客的心理。因爲誰都不會當眾說自己的壞話和缺點，但通常會裝成關心對方的樣子，毫不在乎地說別人的壞處，以證明自己並不是那種人，讓一般人的心理產生一種錯覺。他們往往拿這種人性的弱點來設置陷阱，使顧客上當。

所以，遇上這種人千萬要小心注意，不可被他狼狽的伎倆所蒙蔽。只要你掌握商人急於出售貨物的心理，就能判斷他的恭維語言背後所隱藏的真正目的。

不論一個人的話多精彩，如果時機掌握不好，就無法達到說服他人的目的。

這種時機，就像一個棒球打擊手，雖有良好的球技、強健的體魄，但總是抓不住擊球的〔關鍵性瞬間〕，或早或遲，當然無法揮棒成功。

有位非洲人初到美國時，由於一時無法找到固定的工作，因此經濟相當拮据。美國的夏天酷熱難耐，爲了存放剩餘的食品，他迫切需要一台冰箱。但是，他買了一台二手冰箱，只使用幾天，冰箱就壞了。此時他不得不去找一位修理工上門爲他修理冰箱。

這名正處於熱戀期間的修理工檢查了半天，最後敲著冰箱殼說：「這個冰箱太

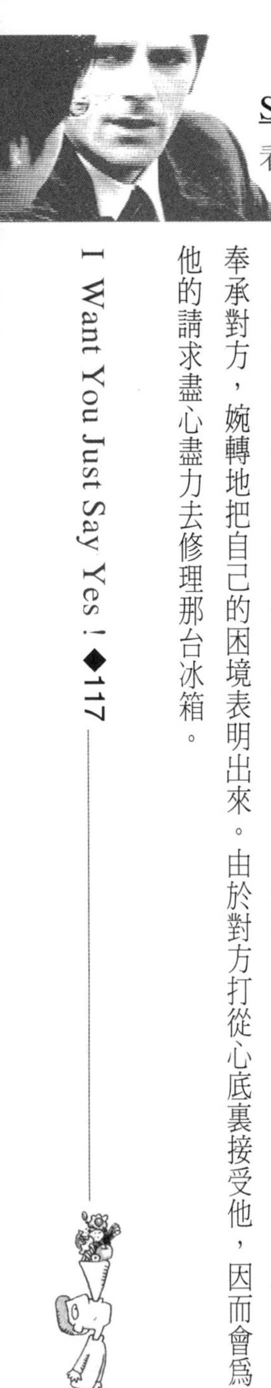

舊，毛病又多，我看修不好了。」

那非洲人急著想辦法說服他，他突然想起去請修理工時看到一位小姐和修理工在一起，於是他說：

「先生，剛才那位小姐是你女朋友嗎？真漂亮。你真是豔福不淺哪！」

修理工一聽他誇讚自己有本事追到那麼漂亮的女孩，不由得十分得意，於是向那位先生談起他女朋友的種種好處，兩人的距離逐漸拉近。

那位非洲人說：

「真羨慕你，有份不錯的工作，又有一位漂亮的女友。我呢？剛從非洲逃難出來，工作又不固定，買了這麼一台舊冰箱又毛病百出，真是可憐。」

這時修理工爽快地說：「沒關係，我慢慢地幫你修，這天氣確實太熱，不過我保證你可以吃到新鮮的食品。」

於是，這位修理工又再度拾起工具，終於又使那台冰箱恢復運作。

這位非洲人抓住熱戀男女的心理，投其所好地稱讚對方的戀人，並以羨慕的口吻奉承對方，婉轉地把自己的困境表明出來。由於對方打從心底裏接受他，因而會爲他的請求盡心盡力去修理那台冰箱。

【029】〔攻心為上〕的刑警

美國有一名優秀刑警，他有一整套逼嫌犯坦承犯案的方法。他經常對嫌疑犯說：「我相信你一定會坦白交代罪行的，以往遇到我的嫌疑犯，沒有一個不招供的，我相信你也不會例外。如果你不是安分守己的人，就應該聽說過我的大名。」

若此人是真正的罪犯，心裏會想此刻是承認好還是抵賴好，但因爲一開始，這位刑警一番具有威懾力的話說在前頭，他習慣性的抵賴策略和僥倖想法已經開始動搖，此時那位刑警在旁邊又反覆地巧妙運用心理優勢暗逼嫌疑犯，罪犯被逼得走投無路，最後不得不交代犯罪經過。

這種說話技巧，會使得那些心存僥倖的嫌疑犯，內心產生一種早被看穿實在無法隱瞞的感覺，而且對方又肯定地一再指出「你只有坦白交代罪行這條路」時，再強的防衛心理必定會崩潰。

SECTION-1

看故事學［攻心］說話策略

整體而言，若你想讓對方接受你的某種觀點，或者聽從你的意見或勸導時，一般只要說一句「我想你內心必定也是這樣想的」，大部分的人都會和你配合。

如果你公司的一名員工經常遲到，你當面訓斥他說：「你到底想怎麼樣，公司是你開的嗎？太隨便了，你知道你對公司造成多麼大的損失嗎？你都已經成年了，好好反省一下吧！」

這時候，這名員工非但不會對自己的過失心存歉意，而且還會產生抗拒心理。因此，與其這麼批評，不如順水推舟地說：「你是否有什麼困難呢？說出來吧！大家都會幫助你，我想你不是那種散漫的人。」

這樣的話會讓對方反而感念你的體貼，變得敬業有加。

運用這種攻心說話術，效果要比嚴厲批評或辭退工作的威嚇好得多。

兵書說過：「攻城爲下，攻心爲上，以不戰而屈人之兵，方是上策」，也就是這個道理。

沒有人會希望自己被上司輕視。

如果你說話打擊他的自尊心，即使以後想盡辦法彌補，也會留下傷痕。相反地，你如果先給對方一個好的理由下臺，然後表現誠意勸說，會比任何一種威脅的言辭

都有效。

如果你是家具店老闆，當顧客正在爲買方桌或圓桌而舉棋不定時，你如這樣對他說：「方桌有方桌的好處，圓桌有圓桌的優點」，則這筆生意鐵定告吹。

如果你夠聰明，不妨換個方式說：「像先生您這樣性格開朗的人，我想方桌對你來說比較適合，因爲它的外形正好和你的個性相配合，簡直是爲你量身訂做的。」顧客聽了你這番半唬爛半恭維的話，多半會聽從你的意見買下方桌。

同樣的道理，如果你想讓上司提拔自己，就得用對等的口吻和他交談，專門聊些他的嗜好，稱讚他的某種愛好，塑造一種假象讓他覺得你是他的知己。

在談話中，正經的話題常常使你在長輩或陌生人面前處於下風，即使你有意想〔攻下〕對方的〔心理弱點〕，也不知道對方的〔死穴〕在何處。

如果長輩或長官以他沒有時間爲理由而拒絕你，你可以就此發揮，以他的繁忙爲由做頂〔高帽子〕送給他。例如，你可以說：「不好意思，我知道您事業做那麼大，日理萬機，一定很忙，真抱歉耽誤了你的時間。」

女性天生具有豐富的語言表達能力，不單只是她們的音韻特別迷人，還在於她們能夠異想天開地從某角度提出問題。

SECTION-1
看故事學［攻心］說話策略

某家保險公司的一位女業務員，雖然相貌平平，但銷售成績卻是公司中數一數二的。據她表示，她選擇要買保險的對象幾乎全是女性，雖然女性的精明是大家所公認的，但她總是有辦法使那些小姐太太們心甘情願掏出錢來。

她對顧客說的第一句話總是：

「我本來也不相信什麼命運，可是我有種預感，你一家子最好買一些保險才行。」

她入行的第一筆生意，是向一位老太太建議說：「您這個年紀，買個保險是當務之急」，後來那位老太太接受了她的建議。

巧的是當那位老太太買保險後的第二個月，她就發生意外事故，也因此而得到賠償。從此，她以後每次都對顧客說這個故事，她說：

「那位老太太沒有投保之前，我經常在街上遇見她，這雖然也可算是巧合，但爲什麼我們會一直相遇，而且總是在同一個地方呢？從此我也不得不相信人生與命運有某種關係。也許就是因爲這些緣份的因素，促使她買保險。事實證明，她的選擇並沒有錯。」

大部分的女性，對命運和緣份都十分敏感，她們天生就有一種好奇寶寶般的想法，認爲任何事情都可能發生，什麼事情都有一種因果循環的關係，因此比較不敢

鐵齒，自然就會有想保險，爲未來的意外做準備。

其實，這位保險業務員運用的就是〔攻心說話術〕。

絕大多數女性都相信命運，都有一種憂患意識，只要被對方掌握這個心理弱點，自然會乖乖地照你的意思投保。

在實際的語言運用中，如果有必要，你也可以自己製造出一些〔緣份〕，讓對方認爲這一切都是命運的安排。

【030】電影大師的〔二擇一策略〕

「遺憾得很，我並不想當皇帝，那不是我熟悉的行業。我沒有征服的欲望；亦沒有統治的癖好。如果你們許可，我倒想做點好事，幫助別人是我的宗旨，不論是猶太人還是基督徒；是黑種人還是白種人。」

這是美國著名的電影藝術大師，也是全世界人們所津津樂道的人物—卓別林的電影《大獨裁者》中主人翁所講的話語，雖然是電影中的對白，卻代表了卓別林一貫的民主觀念和進步思想。

這篇演講充滿真摯感情，動人肺腑，是一場思想性和藝術性都達到高度和諧統一的演講。

在語言技巧上，卓別林充分運用了語言攻心術，對法西斯的攻擊強硬有力，時時採用釜底抽薪之法，將法西斯主義駁斥得體無完膚。他接著講道：

「我們都要互相幫助，這是做人的準則。我們要把幸福建築在別人的幸福上，而

不是在別人的痛苦上建立我們的樂園。我們不要互相仇恨、互相鄙視。這世界上有足夠的地方讓人生活，大地是富饒的，是能夠讓每個人都豐衣足食的。」

很顯然的，卓別林的說話策略核心，運用了黑白對立的〔二擇一〕語言策略。有時候對於茫然無助的人，用〔二擇一策略〕的語言可以使其從絕望中猛然驚醒。要幫助那些陷入困境的人，當務之急是驅散其悲觀的心理。對於那些有僥倖心理的人，應該抽去其虛假的依靠，明確指出兩種選擇，讓對方從自己的盲目中清醒過來，進而積極面對困境。

如果你朋友的公司瀕臨倒閉，或者高考時名落孫山，太太離家出走……此時，要讓他們擺脫絕境，惟有直接攻心地說：

「你現在只有兩條路，自甘墮落或東山再起……」，或者說：

「成功之路不會一直是一帆風順的，你要就老老實實的走下去，要就做一個懦夫」，對於傷心者則說：「你是爲自己而活，不能讓別人來左右你的生活？」。

類似這種最後通牒的逼人說法，對方很難說出「我要成爲懦夫、弱者」的話，從此便會發憤圖強。

「二擇一攻心法」具有警示和震撼作用，它將問題單純化，只承認正邪、善惡等

對立的雙方，便於使人一學就會，一用就見效。

將複雜事件簡單化，會使人在絕境中發憤圖強，〔攻心〕的瞬間，判斷力正確是成功的關鍵，否則會弄巧成拙。

例如，你正在反駁對方的意見，對方突然提出一個有力的證據，你就得分析對方此話的來源出處，甚至可靠程度，然後準確地駁斥對方，使其無所恃，使證據喪失功能，否則，你就會居於下風。

又如在戰場上與敵人展開戰鬥，爲了活命，你必須要正確估計雙方的實力，然後選擇或戰或逃。如果你無法發現對方最致命的弱點，就會被對方擊敗。如果雙方實力相當，讓你一時難以選擇該何去何從，此時你不妨用〔二擇一〕法則處理，就會找到擺脫困境的方法。

【031】小偷的心理弱點

現實生活總是不如想像中的一帆風順，如果遇上不利的場面，不管內心是如何的恐懼和憤怒，表面上最好都裝出一副不置可否的樣子。

尤其是在談判場合或生意場上，如果你一直保持鎮定輕鬆的態度，連對方都摸不清你的情緒和真正想法，往往就能幫你扭轉劣勢，反敗為勝。

清代著名文士〔揚州八怪〕之一的鄭板橋，詩詞、書法、繪畫都名噪一時，由於他為人剛直不阿，為官清廉愛民，因此一直過著清貧的生活。

一日深夜，鄭板橋吟詩作畫後便入房就寢，半夜時分，他聽見屋頂有聲響，以他對事物的敏銳度，他立刻知道是一位竊賊光臨他的寒舍。

但他沒有大喊大叫，而是在床上翻個身，假寐地吟起詩來：

細雨濛濛夜沈沈，梁上君子進我門。

腹中詩畫有萬卷，床頭金銀無半文。

那位樑上君子正準備跳入屋內行竊，突然聽到主人說的夢話，起初他並不在意，

後來驚覺這是主人在警告他，於是他伏在樑上，連大氣都不敢喘一口，他知自己今晚可能又要白忙一場了。

正當他準備溜出去之際，鄭板橋又吟起詩句：

出門休驚黃尾犬，越牆莫損蘭花盆。
天寒不及披衣送，趁著月色趕豪門。

小偷逃走的時候，正要過門，突然想起來主人說門邊有一隻惡狗，嚇得趕緊停步折回，只好從圍牆上翻出去，果然發現一盆蘭花。他想這主人可能是瘋了，不僅沒有吆喝追趕，還處處提醒他小心，以免被鄰居發覺。

可他卻不知鄭板橋其實是強壓恐懼心理，故作鎮定地演出這場精彩的雙簧，讓小偷無形之中不得不配合他的指令行動。

犯罪心理學家分析，竊賊之所以有恃無恐，原因在於瞭解被害人有「擔心被殺傷」的心理，鄭板橋乃一介文弱書生，當然也害怕竊賊會因爲被發覺而狗急跳牆傷害他，所以他選擇另一種高明暗示的手段，出乎意料地與小偷打起招呼，並坦言自己阮囊羞澀的窘境，提醒他小心爲妙，不要驚動旁人，此舉成功地掌握對方的軟弱

心理，最後對方在不敢輕舉妄動的情況下，只好落荒而逃。

通常被害人一旦發現這種類似情況，總是大聲疾呼或立刻逃跑，這種下意識的反射行爲，小偷早就見怪不怪，因此並不能有效遏止其進一步的行爲。

但如果你的反應出奇地冷靜，反而會令對方大驚失色，自亂陣腳。

日本女作家曾野綾子的住所被小偷光顧時，她正巧一個人在家，但她儘量壓住恐懼感，佯裝輕鬆地說：

「你儘管拿吧！想要什麼就拿什麼。」結果，小偷聽到後拔腿就跑。這位女作家平時十分膽小，但她卻相當瞭解每種人的心理狀態，於是用一句很平常的話就嚇跑了小偷。

如果你在銀行上班，突然之間有人用槍或刀指著你，要你交出錢財的，你該如何應付這突如其來的狀況呢？

英國有次發生一件銀行搶劫案，該行的女主人不僅沒有驚慌失措，反而對著強盜哈哈大笑，弄得對方莫名其妙，她鎭靜地說：

「先生，請不要開這種玩笑，今天不是愚人節，我們還在上班呢！」

這時，所有的職員一齊大聲嘲笑起來，弄得那罪犯狼狽不堪，原本想跳上櫃檯去

搶劫，卻因爲心虛而摔得灰頭土臉，最後只好垂頭喪氣地離開。

這也是一個典型攻心而制勝的說話例子。

某地的治安狀況一直不好，經常發生一些搶劫案件。

有位醫生深夜出診，回家經過一條幽深黑暗的巷子時，突然竄出一個蒙面歹徒用槍指著他，醫生起先嚇了一跳，但他很快便鎮靜下來，不僅沒有逃走，反而朝歹徒迎面走去。

他指著自己的腦袋說：

「喂！先生，你這種距離打不死我，應該近一點瞄準這兒。」

歹徒在黑暗中怔了幾秒，然後轉身飛快逃跑。

其實，在這種月黑風高的夜晚遇上持槍歹徒，任何勇敢無畏的人都不免心慌意亂。但這位醫生卻克制住自己的恐懼，裝出一副毫不在意的樣子，讓對方摸不清虛實，終於嚇退了歹徒。

掌握他人心理弱點的方法不勝枚舉，另外還有一種〔模糊印象〕的方法也十分奏效。如果分別讓兩組人觀察一幅抽象畫，觀察者得出的結論，會因指導者的暗示而各不相同。

例如，指導者說：「你們看這幅畫像時鐘嗎？」

又對另一組問：「你們看畫的是不是螃蟹？」

第一組觀察者會說：「是啊，畫的的確是時鐘。」

第二組觀察者則會說：

「太像螃蟹了，你看那兩邊突出的指狀物，不正是螃蟹的螯嗎？」

也許這幅畫既不是時鐘也不是螃蟹，但由於指導者採用先入爲主的暗示策略，對尚未確定的事物預先暗示作結論，先強化對方的疑心，進而俘虜對方的心理。

【032】脆弱的顧客心理防線

在現實生活中，有許多冥頑不靈的人，一般人很難說服他們，這些人的潛意識中，無時無刻都有一種說〔不〕的念頭。說不定你們之中就有這樣的習性。對付這種人不能硬碰硬，而必須巧妙地用攻心語言戰術，掌握他的心理去勸導他，使他漸漸無法再堅持〔不〕的回答。

當你走在大街上，說不定突然會冒出一些小販向你推銷某種商品，也許你擔心那些商品是從不合法的管道來的，也許你認爲在大街上廉價叫賣的東西肯定有品質問題，因此你常常以一聲〔沒興趣〕回絕。

在你眼裏，這種回答既是客氣的，同時又含有某種尊嚴在內。其實，這種簡單而冷淡的回答會使對方極不舒服，但事實上，你又不可能像大慈大悲救苦救難的觀世音菩薩一樣，買下每個小販所推銷的東西。

偶爾從那些人手中買下一件東西時，你可以感受到對方的愉快，而這種舒暢的情緒也會呈現在你的臉上。我們可以明確地知道，經常說〔不〕與經常說〔是〕的人，

這兩者的表情和心理狀態有很大的差別，這完全是由於個人內心感受不同的緣故。

如果你想讓對方愉快，又不想讓自己受委屈，最好的方法就是利用說話技巧去引出對方的弱點，必要時他的〔要害〕自然會暴露出來。

舉個例子，當你問對方：「兔子比烏龜跑得快一些，對不對？」對方只有回答：「是。」你又問：「烏龜比螞蟻跑得快，是嗎？」又問：「螞蟻雖然跑得很慢，但理論上它可以跑到任何一個地方去，對不對？」對方明知你的話語暗中設下了某個圈套，卻不得不回答：「是！」你再問：「如果螞蟻趁兔子睡覺的時候繼續跑，便會跑在它的前面，對嗎？」對方也只得回答：「是。」

「那麼，烏龜也會跑到兔子的前面去對不對？」

對方無法說出〔不〕來，因爲你所說的事情在理論上都是肯定的，所以你的目的就達到了。這種說服方法對女性特別有效，因爲大多數女性在這種說話策略下最爲脆弱。如果你要說服某位女性，不妨用這種語言技巧，即使是很難說服的女性也一定會陷入你的圈套。原本對方就是慣於說〔不〕的人，但在你層層逼進的語言攻勢下，很快就能引導他不得不說〔是〕。

如果對方是容易感到滿足的人，可以把一些小過失故意暴露出來讓對方抓住，此時對方往往會陶醉在勝利的快感中，而鬆懈了戒備心理。

報紙上經常刊登這樣的新聞：

某某人不小心被一名黑市的生意人所騙。

我有位很好的朋友，曾經因爲一時的不小心而遇上這樣不愉快的事，那天他在街上行走，有輛小型貨車突然停在他的身邊，起初他並沒有在意，以爲對方想向他問路，不料從車上下來的一位小姐卻拉住他，向他推銷廉價的西裝，價格只有百貨公司的二至三成。

我那位朋友認爲世上根本沒有這樣的好事，便沒有理會那位小姐，但那位小姐突然很委屈很小聲地對他說：

「先生，事情是這樣的。我先前去百貨公司送貨，沒想到被對方發現服裝上不起眼的小毛病，他們拒絕收下這批西裝，如果我原封不動把這些衣服帶回公司，老闆肯定會大發雷霆。我剛上班不久，不想這麼快被炒魷魚，所以只有悄悄將貨品賣完，然後回去交差。先生，我希望你能夠幫助我，發發慈悲心。」

於是這位朋友便以一千五佰元買下她的一套西服。

而他回家仔細一瞧，才發現這並非什麼名牌西裝，而是連外行都看得出來的低級

品，這位朋友不但損失一筆金錢，還被太太責怪一番，真是得不償失。

任何人都有不同程度的戒備心理，他們在過於誇張的語言面前幾乎都能保持一定的警戒，但如果對方掌握你的心理弱點，就會用些手段使你放鬆戒心。

現在的商家經常運用這種方法來銷售產品，比如以〔出清大拍賣〕、〔跳樓銷售〕、〔倒閉拍賣〕、〔小毛病大減價〕等誇張語言來誘騙顧客，讓消費者在不知不覺中失去防備心理。

人心都是健忘的，那些崇拜明星的人，雖然對明星所說的謊言不全然相信，但其中若有百分之一的真實性，則其餘的百分之九十九就會被忽略。

奇怪的是，智商愈高的人反而愈容易受這種戰術所欺騙。

這種〔以一真掩九假〕的說話術，在生活中應用很廣泛，假如你為朋友介紹相親對象，一定不可以這樣說：「這位先生是某某大學畢業，身材高大，品性也很好⋯。」這種常見的語言根本無法引起對方的興趣，倒不如一開始就說：「他雖然算不上美男子」或「他雖然畢業於一般的學校」，「他雖然有些口臭⋯」這類的話，也許效果要好得多。

【033】林肯的〔矛盾策略〕

林肯是美國第十六屆總統，在他當選總統之前，是美國著名的大律師。

當時，有一位叫阿姆斯壯的人，被法庭指控謀財害命，林肯出庭為他進行辯護。此案的原告是一位有錢人，他收買一位名叫福爾遜的人作偽證。在法庭上，福爾遜發誓他親眼看見被告開槍殺人，被告一時有口難辯。

林肯仔細研究全部案卷，調查了案發現場，他掌握了大量確鑿的證據。在法庭上和原告的辯論，他運用了豐富的自然知識和嚴密的邏輯推理，施展他說話技巧的高招，揭穿了證人的謊言，終於使被告得以無罪釋放。

林肯首先問證人：「你確定開槍殺人的果真是阿姆斯壯嗎？」

福爾遜答：「是的，我可以把手放在《聖經》上發誓。」

「你當時是在草堆後面，而被告是在大樹下，對嗎？」

「是的！」

「草堆和大樹之間有三十公尺的距離，你確信沒有看錯人嗎？」

「沒有，我看得清楚，因爲當時月光很亮。」

林肯又問道：「你敢肯定不是從衣著或身材上確認的嗎？」

福爾遜：「不是，我看見了他的臉，因爲那時月光正好照在他的臉上，我看見他臉上充滿殺氣，拿槍的手不停地顫抖。」

「那你能說出當時確切的時間嗎？」

「當然可以，因爲我回到屋裏時，鬧鐘正好響起，時間是深夜十一點。」

林肯馬上面對聽眾和法官說：

「可敬的法官和陪審團，我敢百分之百地說，這名證人是個徹頭徹尾的騙子。他一口咬定他在十月十八日晚上十一點時，在明亮的月光下看清楚被告的臉。請各位想一想，按照天文曆法來計算，十月十八日那天晚上應該是弦月，到了晚上十一點時，月亮就不見了，哪裡還有明亮的月光？再者，假設證人對時間有些糊塗，那時月光還很亮，但他站的方位是東邊，被告人站在大樹旁是在西邊，月光也應該從西邊往東邊照射。如果被告臉朝大樹，月光可以照在他的臉上，因此證人只能看到被告的背影而不是他的臉。如果被告面對著證人，月光只能照到被告的後腦，證人又怎麼能看到被告被月光照射的臉呢？」

SECTION-1
看故事學［攻心］說話策略

林肯的話一講完，全場掌聲雷動，連法官也不禁微微點頭稱是。

林肯的說話策略，其實就是所謂的「以子之矛，攻子之盾」的戰術。

如果你遇到一位對你久有積怨的人，那人的心胸又十分狹窄，雖然幾年未見，仍然不肯放過羞辱你的機會，而你自然不願在這種人面前低頭討饒，那應該怎麼辦呢？

假使那人對你說：「幾年不見，你還沒有死啊？」你又該如何回答？

如果你和他激烈的爭論或惡言相向，正好中了他的圈套。而這種人又是毫無道德可言，說不定什麼事都做得出來。此時你只要巧妙地運用一下說話技巧，就能輕輕鬆鬆擊敗對方，你不妨這樣回答他：

「喔！不，我還不能死，因爲我還等著爲你送葬呢！」

這時，對方必定會摸摸鼻子，自討沒趣的走開。

【034】沒有策略的求職者，等於拿自己前途當賭注

著名的美國科學家哈利．艾默生．佛斯迪在《洞察力》一書中說：「剛畢業的就業青年都是賭徒，他們必須爲此賭一生。」

的確，當你從學校畢業後，或者不幸失業時，你所面臨迫切的事情，便是如何謀求一份好職業。這一點你也許曾經想過，也許要事到臨頭才會想起。

不論是剛出校門的學生，還是一些年輕有才學的人，他們自以爲條件不錯，於是滿懷著綺麗的夢想及豪情壯志踏上人生旅程。但是，他們很有可能還沒有達不惑之年時便會失望、沮喪、雄心頓失。

最糟糕的是，現今社會上的年輕人，大多數並不知道自己該做什麼，他們並沒有正確地認識到自己的優點和缺點，也不太瞭解自己最適合做何種工作。

但是，這些人在求職時，或者慷慨激昂，或者信誓旦旦，用鋼鐵般的聲音對主考

人員說：「相信我吧！」，但是在選擇職業時，他們卻無法作決定。

摩根集團是美國著名的大財團之一，就上個世紀而言，它甚至越超了洛克菲勒集團和杜邦集團，成爲美國產業的第一支柱。

該集團每年都要篩選數以千計的各類人才。當記者向集團尋問應聘人員的情況時，主管人事的官員卻搖頭說：「這些來應徵的人就知識而言，都是一流的，但他們最大的悲哀就在於：他們根本不知道自己最想做什麼樣的工作。」

他接著又說：

「他們來到公司，第一句話問的不是我要做什麼工作？而是公司有什麼空缺？」

世界上最可憐的人，想必就是爲薪水而工作的人；世界上最快樂的人，一定是爲工作而工作的人，可惜這樣的人並不是很多。

求職者在謀求工作時，給人的第一印象是相當重要的。而表現這一點的重要因素便是語言。

如果你與另一個人正在等待面試，試想：你們都沒有辦法說服自己全心投入你最想做的工作，又如何能夠說服主考官或老闆呢？

因此，說話的技巧在你求職時更顯得重要。如果你想說服對方，懂得用說話技巧

讓主考官留下深刻印象，善用避實就虛策略，淡化自己的弱點，突顯自己的優點，相信主考官一定會對你另眼相看。否則，你就會失去一份理想的工作，失去豪賭人生的籌碼。如果我是主考官，當有兩個以上同學歷的人需要選擇時，我也會從他們回答問題的方式去決定要選誰。

要知道，這個社會到處充滿競爭，也充滿了有學問的人才。求職時也適用「優勝劣敗，物競天擇」的殘酷法則。

古代有一位哲人說過：

「人的表情有兩種，一種是表現在臉上；一種是表現在語言上。」

語言和表情同樣傳達著人類的內心情感，你的說話技巧是否高明，從一兩句對話中就能清楚明白，沒有魅力的語言會使人昏昏欲睡，甚至想得失憶症，洗掉腦中你的存在。

如果你正好需要一份工作，初次和主考官見面的交談，就是展現你擁有說服力的最好證明。語言技巧直接反映你自身的素質，若對方是經驗豐富的主管或老闆，單從你的語言就可以判斷你是否能勝任這項工作。

自我介紹是一種最單純的說話藝術，但在實際生活中，卻很少有人能中肯得體地

SECTION-1
看故事學［攻心］說話策略

完美表達。

求職中的自我介紹尤爲重要，一個漂亮的自我介紹，除了有外表作前提，聲音作爲有效輔助外，關鍵就是語言的技巧。

我有位朋友是求職高手，他的實際工作能力很不錯，而他的語言能力更加高明，只要有適合他的職位，通常不會有什麼問題，三言兩語就能使主考官頻頻稱道。

他曾說，當你發覺某一個位置能夠發揮你的特長時，你就不要在主考官面前談論你的棋藝是業餘幾段，或者說你的身世多可憐之類的話，你應該以實擊虛，把火力集中在一點進行突破，只介紹你在這方面的長處，忽略其他的細節，主考官便會在你這種攻心術面前頷首稱許。

他的這席話歸納起來，就是說話要說重點，不要有廢話，尤其是和主題無關，或是人家不想聽的，最好都不要說或少說，在有限時間內，儘可能傳達最多有效的訊息給對方，那麼，對方的腦袋就會做出你所要的判斷。

這，就是成功完美的〔攻心〕說服術。

【035】〔對不起〕不可以隨便說

在某次競選活動中，有一個地區的選民分為兩派，雙方的助選員為了替自己的擁護者爭取到更多的選票，不惜使用一些卑劣的手段。

在某天的競選演說上，乙方的助選員突然發現一名前幾天承諾要投他們一票的人，站在那裏聽甲方的演說，便氣勢洶洶地上前質問：「你是不是忘了自己的諾言？」

那人回答說：「你看我是那種人嗎？如果你認為我像，那就當我們不認識好了，我也不再替你們出力了。」

這句不軟不硬的話，使質問者頓時失去攻擊的目標，再也無法興師問罪，最後只有笑笑地說：「我只是問問罷了，千萬不要當真啊！」

這個被質問的人，他的回答可說是無懈可擊，一來他沒有承認，也根本沒有說〔對不起〕或道歉，二來他還反問對方是否不重視他這張票。

因此，關鍵在於〔對不起〕三個字；據我瞭解，很多人的口頭禪就是〔對不起〕，

SECTION-1
看故事學［攻心］說話策略

常常事情還沒搞清楚，只要有人指責你或覺得你有嫌疑，就先道歉，如此一來，你的道歉就等於承認自己犯錯一樣，往後就算你要上訴，也會被人抓住把柄，一輩子無法翻身。

一般人碰上這類事情，通常會直接回答：「是又怎麼樣？」

事實上，這種回答對問話者而言是最無法忍受的，說不定對方會抓狂一拳揮過來。當然，還有另一種簡單的回答是：「沒有啊！真的，請相信我，我不是那種沒有誠信的人。你千萬不要誤會，不要聽別人瞎說。」

這種睜眼說瞎話的辯解，就好像被人捉姦在床，明明你和情婦赤裸裸躺在一起，還要硬說是天氣熱脫衣服純聊天，同樣地無濟於事，對方反而會覺得你把他當白痴。

也許有人會說：「自己一開始沒有堅定反駁對方的質疑，反而會處於下風，還期望能有什麼好結果呢？」

其實不然，因為你在表面承認或贊同對方的說法時，是用一種反諷和質問的語氣來回答對方，對方根本不知道你的真實意圖，看起來好像附和，實質上卻是質疑和否認對方的指控。

有一對年輕男女交往了幾年，男的覺得女的太囉嗦太會計較小事，且管他管得太

緊，主動提議要分手。

女的聽了，又哭又鬧指控男的欺騙她的感情；這事愈鬧愈大，鬧到雙方家長親友出面介入，女的不想分手，仍強烈指控男的始亂終棄，但男的從頭到尾沒說一句道歉，只說他發現兩人個性不合，純粹就是這樣，沒有欺騙和拋棄。

然而，女的一直哭鬧，雙方家長也被搞得一頭霧水；這時，女的想到一招〔以退爲進〕，突然溫柔地說：

「我知道你還是愛我的，就看在你以前對我這麼好的份上，只要你承認是欺騙我的，跟我說聲道歉，我不會和你計較，也不會再糾纏你，我會成全你的想法．．．．．．．。」

這話一出，男方家長認爲這是女的要給自己兒子一個台階下，就勸兒子過去認錯道歉。這時，男的還算腦筋清楚，死也不肯道歉，直說他沒有錯爲什麼要道歉。

後來，雙方僵了一天，女的也累了，雙方家長各自帶孩子回家休息。

過了一陣子，由於男的一直不承認有錯，女方也沒有辦法，事情就這樣不了了之。

事實上，男孩子的〔對不起〕這三個字，是這場鬧劇和談判的成敗關鍵；如果男

的為了息事寧人脫口說出道歉，女的一定死咬這句證詞，一來可證明男的確實是有欺騙在先，二來也證明男的惡意拋棄在後，如此一來，不管女的是否遵守諾言不再追究，大家在維護道德公義的立場上，一定會臭罵男的一頓，然後再逼男的回到女的身邊，日後更要對她好，這麼一來，男的就永遠逃不出女的手掌心了。

這種〔嫁禍策略〕也經常在刑警的問案場合發生。很多刑警為了求業績，對一些有前科的犯人或沒有背景的小流氓，也常用軟硬兼施的策略，把一些無頭案都栽在他們身上；據我所知，刑警所用的策略，也很少刑求，像是灌水或打腳底，大部分所用的策略，也都是〔攻心〕說話術，例如，刑警會說只要他們承認案子是他們做的，絕對會減刑或在牢裡多照顧他們，或者照顧他們的兄弟及家人，只要無頭案不是很重大的刑案，大部分的犯人都會願意被〔嫁禍〕。

在法國，說得最多的一句話是〔對不起〕，但最不敢亂說的字眼也是〔對不起〕。

譬如你在路上行走，不小心踩到對方的腳，或者在餐廳將侍者的托盤碰到，都會聽到有人說〔對不起〕。這句話就像日本的鞠躬禮和〔請多關照〕一樣普通。

但如果是碰上比較嚴肅的問題時就不一樣，這時，每個人都會相當謹慎，絕不輕易說〔對不起〕，並且會一直堅持自己立場。

例如，有位先生上街買酒，在回家的路上不巧被一位匆匆趕路的人撞了一下，酒瓶掉在地上摔碎了。

若是在其他國家，這根本只是小事一樁，各負一半責任就解決了；但在法國，那位路人會說：「你走路怎麼如此不小心，把我的酒撞翻了。」馬上將責任推給對方。

切記！在這樣的場合，如果你承認錯誤說了〔對不起〕三個字，你就應該負責賠償，因為一句〔對不起〕就表明了責任在於你，所以法國人一般是不輕易向對方道歉。老實說，不僅在歐洲，即使在東方，許多人也將道歉看得非常重要。

有一個負責處理交通事故的警官說：

「那些肇事的駕駛大部分都是很倔強的，就算是壓傷小孩後，任憑對方父母破口大罵，他們卻不說一句道歉的話，只是低聲下氣地勸對方和解。」

那位官員還說，事實上有些交通事故，錯誤不完全在於司機，因為常有一些小孩突然橫穿馬路，這些都是無法預期的狀況，就算再優秀、再謹慎的司機也不敢擔保他不會碰上這種倒楣事。

當事故發生後，由於主管人員尚未實地調查，事故原因也還沒有明朗化，所以也就無法隨意說句〔對不起〕。

那些司機通常只說：「事情發生的真是太突然了，雖然我已經盡量煞車，但是結果……」，這時他們的用字遣詞相當慎重，從不肯輕易說出半句道歉的話，只是從他們的表情上隱約透露出一點點歉意。

還有一種說法也值得司機參考：「你的心情我能理解，但誰是誰非還有待調查，然而單就這件意外來講，我也感到遺憾。」

人性是很詭異的，除非是重大事故，涉及到人的生死問題，否則只要等對方憤怒的情緒緩和下來，雙方都會冷靜下來，比較理性地討論如何解決事情。

因此，要記住〔對不起〕三字不可以隨便說，只要不說就有立場可以翻身。這也是〔攻心〕說話策略應用在生活中，最常見也是最重要的一個法則。

【036】政治家的五位小老婆

人生在世，有時候難免會受到別人突如其來的攻擊，此時你需要保持冷靜，選擇適當的反擊語言和談話技巧，才能化解難關。

據說過去在日本一位叫三木武吉的保守派政治家領袖，不但有過人的口才，還有隨機應變的智慧，是當時日本政壇上獨領風騷的人物。

某次會議上，他受到一名在野黨議員淩厲的人身攻擊：

「三木先生，你身爲公職人員，應當爲人表率，而你卻金屋藏嬌，擁有四位姨太太，真是太過分了。」

三木武吉不慌不忙地說：「我看這位議員先生大概是文員出身，不太精於算術，而且說話也欠考慮，我並非只有四位姨太太，而是五位。你難道忘記我娶第五位姨太太時還寄一張燙金請柬給你？」

話一說完，整個議會堂頓時爆笑如雷，而那位議員也失去了再次咄咄逼人的立場及氣勢，最後只得草草收兵，不了了之。

SECTION-1

看故事學［攻心］說話策略

未成年人由於初出社會，常常不知天高地厚，頗有初生之犢不畏虎之氣勢，因此說服這種人更需要掌握其心理。社會上經常有一些青少年組成的小幫派，不是到處酗酒打架，便是橫行鄉裏，鬧得地方雞犬不寧。

許多小團體都以〔宗旨〕、〔崇高理想〕或〔入幫誓言〕的精神口號作爲凝聚力。但這些口號不但毫無根據，也沒有科學道理，完全是青少年盲目地亂叫罷了。但奇怪的是，這些令我們感到荒唐可笑的〔思想〕，對那些不懂事的年輕人卻有著不可思議的吸引力。

古往今來，罪惡的淵藪都是龍蛇混雜，這些小幫派也不例外，其中不乏一些上當受騙以及一些被脅迫來參加的少年，雖然整日跟著幫派行動，卻又覺得這些並不合乎自己內心所想，只不過礙於一些誓言和幫規而難以脫身，心中的無可奈何是可以想像的。在這些〔理想〕、〔宗旨〕、〔誓言〕的背後，每個人或多或少都隱藏著一些自己的本意，但真正遇上問題時，多半還是靠自己靈活處理，而不能完全以固定的框架去套用。

如果你想去教化這些年輕人，你必須先揭穿對方賴以依存的思想支柱。最好的辦法不是你講一番爲人處事的道理和原則，而是讓他們對自己信仰的宗旨作出具體說

明，等對方說完後，你便不屑地說：「原來這就是你們的精神支柱啊。」

這時，對方的理念，會因你的回答而突然間覺得自己變得很渺小，他難免會垂頭喪氣，不過以後再做任何事時必會仔細思考一番。

在談判場合中，愈是強硬的語言，愈容易導致兩敗俱傷，只有保持靈活的說話策略，不僅可以保持自己的立場，還可以打擊別人，〔不要把話說死〕，這也是〔攻心〕說話術的一個重要法則。

【037】訓導主任的〔借力使力〕

臺北市某中學有一位品行極差的A學生，整天無心上課，常常糾集校內外一夥遊手好閒的中學生，到處橫行霸道，專門打架鬧事，甚至連很多老師都曾被他捉弄，更甭說勸導他改邪歸正。於是A學生更加肆無忌憚，在校園裏的胡作非爲。

A學生的父母憂心如焚，不知道如何教育兒子走向正途。新學期開始，從高雄轉來一位老師，他是位成人教育的專家。據說對學生訓育和生活指導有相當的成績，於是校長便派他去指導那位全校出名的〔刺蝟〕。

訓導主任從A學生的父母那兒瞭解到：A學生從小自尊心極強，總喜歡出人頭地。於是訓導主任想到一個妙法。他發現平時常有一位B同學寸步不離地跟著A，便想借助B同學來幫助A。

他像平常一樣把A學生叫到他的辦公室來，A學生心想肯定新老師又是訓斥他，因此他一進辦公室就不停要東張西望，一副滿不在乎的樣子。

訓導主任並沒有責備他，還爲他倒了一杯水，然後裝出爲難的神情說：

「唉，真不知怎麼說，老師現在有點事要麻煩你。」

A學生聽到這番話大感詫異，並且有些高興地問道：

「什麼事啊？」

訓導主任說：「我聽說B同學一直不求上進，最近還有人說他經常欺負小學生，我剛到這裏，不熟悉他們的情況，無法順利展開輔導工作。我聽你父母說你對人有一副熱心腸，所以找你幫忙，替我勸解他。」

A學生一開始是抱著聽訓的心理而來，沒想到新來的訓導主任非但沒有責備他，反而還非常信任器重他。回想以前的那些老師，對自己不是惡語相同，便是冷若冰霜，心裏便有些感動，認爲這位新教師很夠〔朋友〕，自然一口答應老師的請求。

一個人一旦對周圍環境和與人相處的態度有所改觀，他的處事方法自然也會隨之而改變。A學生從此成了助人爲樂的少年，自己的惡習也一天天減少，不但達成老師想要的目標，自己也獲得新生。

大禹治水，是因爲疏導有方而成功，如果只是正面塡堵，洪水就只會猛漲，終會有決堤的一天。

教育好比登山，無論是多麼高的山，當快要抵達山頂時其山勢必然更加陡峭，登

山者大多在此時半途而廢、功虧一簣。

這時領隊的作用就發揮出來，如果他能激動地對登山同伴說：「山頂上的風光真是太美麗了，我這一生能上來一次，就死而無憾了，加油！你再堅持20分鐘就成功了。只要20分鐘，你就成功了。」

經過這樣的激勵，相信每個人都會信心大增，一鼓作氣登上山頂。

相對的，不曾享受過這種成功的人會氣餒地說：「登山太辛苦了，簡直沒有什麼樂趣。」

但這些情況對於經常登山的人而言卻不然，由於有良好的身體基礎，又有成功的體驗，那種登上頂峰後登高臨下的成就感，是具有相當誘惑力的。

只要是搭過公車的朋友必定有過這種經驗，當你上車時車上的乘客已經爆滿，卻還有人奮勇地往上擠，「拜託各位往裏面擠一擠」，這是很多司機常說的一句話，但往往效果不佳，任司機如何喊破嗓子也無法說服乘客挪動一步。

如果司機改用另一種說法：「裏面還有許多空位……」，則多數乘客都會移動他們的腳步，即使發現受騙也不會在意。

若對方固執地堅持己見，你不妨直接說出你的意見，讓對方暗自權衡一下利弊得

失。當你想掌握某個人時，若能先將利害關係說出，讓對方內心拿不定注意，則更容易達到你的目的。

譬如你只是說：「趕緊將這份工作完成」，倒不如說：「你若能儘快將此事完成，就會有更充裕的時間休息。」

雖然辛苦一點，但如果有充分的時間可以休息，我想這種誘惑是任誰也無法抵擋的。說話者技巧的高明之處，在於他們總會先將對方的心理揣摩一番，發現對方防守的要害，用攻堅或軟化的方法破壞其防線，以求達到〔攻心爲上〕的效果。

如果你是一名汽車推銷員，你如何化解顧客的這種心理：

「這傢伙又要騙我買他的汽車？」

如果你是一位頗有經驗的推銷員，對方一定會更加防範，認爲你賣的車就算不是名牌車，也必定是價格昂貴的汽車，這時你如何應對？

一位平時很節儉的老先生，有一部老舊轎車已經無法再發動上路了，於是有許多汽車推銷員整日圍著他推銷新車，讓他不勝其煩，最後造成他強烈的防範心理，常常扭頭就走。最後，只要推銷員一上門，他就會想：「這傢伙又是看上我的錢包，我絕不會上他的當。」

由於這些推銷員大多沒有研究過心理學，更不知如何運用語言的藝術魅力，他們與顧客一見面就自吹自擂自家汽車的優點，每次只會說：

「你這部老爺車早就該進博物館了，開這種車實在有失你的身份」，或者說：「你不如把修車的錢攢起來買部新車，這樣才划算。」

這位老先生每次聽到這些大同小異的商業推銷用語，馬上起反感。

有一天，又來了一名陌生的推銷員，老先生的第一個反應是：「騙子又來了！」然而，出乎意料的，那位推銷員並沒有向他誇耀自己的汽車，而是很內行地將老先生的舊車仔細地看了看，誠懇地對他說：

「先生，你這部車保養得很好，起碼還可以用一年半載，似乎不太需要立刻買新車，過半年再買也不遲。」說完則有禮貌地遞給老先生一張名片，然後就直接離開了。聽他這麼一說，老先生心裏泛起莫名的親切感，不知不覺心中的防禦系統已冰釋瓦解，愈看愈覺得自己應該換部新車了。於是馬上照名片上的電話號碼打電話給那名推銷員，結果如何，各位可想而知。

【038】拳王的智慧

打拳和作戰一樣，靠的其實不是拳頭大小或武器多寡，而是靠腦袋和策略。

當兩軍對壘，勢均力敵，想要取勝的一方，就必須運用智慧，無論哪一種爭戰，道理都相同。

如果要使對方的防備心理鬆懈，就必須從側面切入，先降低自己的地位隱藏實力，使自己具備有利的條件，不到最後關頭，千萬不要輕舉妄動，如果一旦失敗，反而會成爲別人的笑柄，必須耐心等待各方面的時機均成熟時，再奮力擊敗對方。

日本著名拳擊手輪島功一在一次不幸的敗北後，拱手讓出拳王的寶座，於是他悄悄下定決心，要在下次的比賽中雪恥，重新贏回掌聲與寶座。

於是他一方面苦於練功夫，另一方面放出風聲，說他已經日薄西山，並且體弱多病，好藉此誤導對方，使對方失去戒心。

然後，他還故意安排一次與對方不期而遇的機會，他總是身著厚重的大衣，臉上

戴著口罩，走在路上還頻頻咳嗽；那位戰勝他的拳手正好在附近散步，很〔巧合〕地碰到他，他立刻表現出一副很虛弱的樣子，用上氣不接下氣的聲音和對方打了個招呼便匆匆離開，只聽見後頭傳來那人的歎息聲：「可憐的人，病到這種地步。」

過了一段時間，他已經確信自己有把握奪回拳王的寶座，便宣佈要向當時的拳王挑戰。在賽前的記者招待會上，輪島功一看著對手說：「我要讓你趴在地上求饒，我要打得你無還手之力。」

對方當然也不是泛泛之輩，立即毫不示弱地說：「輪島功一先生，我看你是病得太厲害了，或是發高燒胡言亂語吧？」

輪島這時一反過去的病態，中氣十足地說：

「我自信現在的實力足以打倒任何一位拳王，就是拳王阿里也不例外。此外，我還知道你整天花天酒地，根本沒有練拳，你應該被那些女人掏空了吧！真是太不幸了，你的下半輩子恐怕就要靠女人來伺候了。」

等到比賽一開始，輪島功一的雙拳便如狂風驟雨般地向對方揮去，果然如他所說，幾個回合下來對方就支撐不住，最後不得不交出冠軍金腰帶。

許多人往往就是因爲輕敵，而使對方有機可乘。因此，要想取得勝利，就必須懂

得先讓對方放鬆防備，然後你再乘虛而入。

只要是人，都會有弱點。從心理學和生理學的觀點來看，女性在黃昏時分感情最為脆弱，也最容易被說服。如果你要說服某位女性，最好選擇這段時間。

許多電影和電視劇中都曾出現這樣的畫面：傍晚時分，男主角會將女主角約到小河邊或林蔭道上，再不就是在咖啡館的一隅角落，細訴心事。

這時，如你懂得去運用〔攻心〕說話術向對方進攻，相信她是無法抵擋的。

古代哲學家王充在《論衡・物勢篇》中提到：

「亦或辯口利舌，辭喻橫生者勝，點面俱到者勝。」也就是說，辯論場合上，口齒伶俐、辭藻豐富、對答如流者，無一不是智慧之輩。

〔攻心〕說話術要求說話者必須有深厚的功力，有取之不盡、用之不竭的〔活水源頭〕，在唇槍舌戰的交鋒中，才能展現氣勢、左右逢源、能言善辯。

然而，不管你的口才多好，如果你的話不能攻到對方的弱點，那麼再快再流利的嘴，也等於是散槍打鳥，只有浪費子彈和力氣罷了！

因此，找出對方的弱點，或者先讓對方失去警戒心，他的弱點自然就會出現，這時你再趁虛而入，相信必然會無戰不勝。

【039】如何〔恐嚇〕遲到大王

人們對說話時的最後一句，印象特別深刻，這種〔末句放大〕的心理作用，在實際談判或攻心說話時，有很好的效果，大部分的知名演講家或政治家或是牧師，都懂得這個道理，而且都運用得很熟練，完全沒有破綻。

打個比方，如果你想激勵一位經常遲到的員工，你一再對他說：

「爲了你自己的前途和飯碗著想，就不要再遲到了！」

而他總是聽完就忘，過幾天又照常遲到。

這時，你不妨換個方式對他說，也就是把他最在意最害怕的重點，放在最後：

「如果你再繼續遲到，我保證你一定會被開除、領不到年終獎金、回家吃自己……。」

相信他聽了，會開始意識到事情的嚴重性，心裡也會特別對「開除」、「回家吃自己」這些句子印象深刻，進而產生恐懼，然後激發出動力，再苦也要準時起床。

心理學家表示，每個人都會對談話的最後一句印象最深刻，因此，如果你在談話

快結束時，出現發人深省的句子，一定能收到良好的效果。

「朝三暮四」的成語便是最好的實例。

古時候有人養了一隻猴子，每天給它吃香蕉。後來這人家道中落，無法再像以前那樣飼養猴子，便決定和猴子商量，並對他說：「我每天早上給你吃四根香蕉，晚上給你吃三根香蕉，怎麼樣？」

猴子聽了後，不高興地又是抓耳又是摸臉，吱吱亂叫以示抗議。

這時，主人換了方式說：

「那每天早上給你吃三根香蕉，晚上給你多一根，吃四根香蕉，怎麼樣？」

猴子一聽高興得跳了起來。

猴子也和人一樣，只注意到後面的香蕉比較多，就很高興了，不管實際數量總合是否一樣。我們小時候也許都經歷過這樣的事，父母拿著幾塊糖問：

「你們說，我手中的糖果是一塊還是兩塊。」

我們的回答幾乎都是「兩塊」。

父母又問：

「你再看一遍，我手中的糖果是兩塊還是三塊？」你又毫不遲疑地說「三塊」。

SECTION-1
看故事學［攻心］說話策略

這就是語言妙不可言之處，那時候的我們不懂世事，只能從父母的聲音和表情去揣摩，而能夠給我們留下深刻印象的就是一句話的最後幾個字。

很多人都有這樣的經驗，臨出門前，太太絮絮叨叨地叮嚀：「氣象預報說今天會下雨，帶把傘吧！」

你一定會不屑地說：「天氣明明這麼好，怎麼會下雨呢？」

太太會堅持說：「可是氣象局真的說會下雨。」

最後你拗不過她，很不情願地拿把傘出門，結果一整天下來，根本沒有飄下一滴雨來，於是你經常會把雨傘丟掉，不是放在辦公室，就是丟在公車或捷運上。

事實上，氣象局之所以會讓家庭主婦誤以爲一定會下雨，可能是由於天氣預報員的語氣所導致的。通常，預報天氣一般是「某某地方可能會下雨」而不是說「可能下雨的地方是某某處」。

這兩句話乍聽內容一樣，可是給人的印象和感覺，就差了十萬八千里。

一般人聽了第一句，不管前面的地方說的是哪裡，印象就記著〔會下雨〕這個訊息，潛意識裡也會開始想著要帶雨具或雨傘，以免淋雨而感冒。

而第二句話，因爲把下雨放在前面，而把地名放在後面，除非是提到你居住的地

區，否則你潛意識中就會自動刪除這個與你無關的訊息。

這種語意心理學的作用，在廣播中也常被採用。據說，在第二次世界大戰時，就有這樣的事例發生。

有一位電臺播音員發佈救濟物資的配給命令，他開始是這樣說的：「發放棉衣的地區有某某地區、某某地區、某某地區。」結果到指定地點領取棉衣的人寥寥無幾。第二次廣播時他換了一種說法：

「某某地區和某某地區，現在配發禦寒的棉衣，數量不多，發完爲止。」結果所有的人聽了，都擠到離自己最近的發放點去詢問或排隊。由此可見，光是表達方式，就可以造成如此大的影響。

美國的演講大師卡內基年輕時，曾有過這樣的經歷：

大學畢業後，卡內基在一家公司當推銷員，他每天必須搭車到南薩克斯州去推銷。這天，他來到車站，由於這裏不屬於他的業務區域，距離開車時間也還有兩個多少時，他便在車站附近來回踱步，並且表情十足地朗誦莎士比亞四大悲劇中的《馬克白》一節。

「可以看見那短劍，鋒芒朝向這裏……你要我去握它嗎？……我沒有辦法，只能

看見它，這把短劍．．．。」

當他正陶醉在劇情裏時，一位巡邏的警察突然朝他走來，厲聲責問他：「你的行動舉止很可疑，你想搶劫列車嗎？」卡內基被問得一頭霧水，莫名其妙。

原來，附近列車上有一位女孩，一直聽見他在唸著．．短劍，短劍．．．，下意識覺得他是個擁有短劍等凶器的壞人，於是就報了警。

因此，你如果有某些重要訊息，要傳達給某人，切記一定要把這些訊息放在最後，因為，最後這個位置自然會有﹝放大﹞作用，讓人印象深刻、不聽也不行。

【040】法拉奇式的訪問

奧莉亞娜．法拉奇是義大利著名的女記者，也是當代最偉大的女性之一。她曾經採訪過無數的政府要人，深入無數戰火紛飛的戰場進行實地採訪。

六十年代美國進攻越南時，她在越南戰場上出生入死，留下了許多著名的報導。法拉奇真正稱得上是說話高手，在西方﹝法拉奇式的訪問﹞受到許多人的崇拜。

此外，她還是一名優秀的文學家，以《易子議》一書聞名於義大利文壇，但她最自豪的仍是她的高超說話術，這些成就使她榮冠〔政治記者之母〕的美名。

她成功的秘訣在哪裡？在於她善於運用〔精準攻心〕的語言策略來對付各種被訪問者的詭辯。

她曾經說過：「我的秘訣是開門見山地打開氣勢，然後給對方最致命的一擊。」

伊朗的宗教領袖霍梅尼，在盛行伊斯蘭教的東南亞地區是一位至高無上的神聖者，伊斯蘭教徒遍佈世界各地，誰也不敢輕易得罪這位老者。

法拉奇等一次採訪霍梅尼時，見面的第一句話便是：「我要告訴你，先生，你是伊朗的新沙皇。」

在採訪這位脾氣古怪的老頭之前，爲了尊重對方的宗教習俗，她不得不違心地穿上伊朗婦女的傳統裝束，身披長紗，把全身包裹得像一個密實的大粽子。

但法拉奇卻一直認爲，存在於服飾後面不單是保持一種古老習俗的問題，而是關係到女權的政治地位問題，她內心對這種以宗教之名而行強迫之實的作法非常不滿，但爲了順利採訪到這位宗教領袖，她還是穿上了這種服裝。

霍梅尼被這位潑辣的女記者的第一句話給擊中了要害，內心惱怒不已，但法拉奇

裝出滿不在乎的樣子繼續說：

「先生，我被人強迫穿上這身衣服來見你，你明白強迫的含義嗎？請你告訴我，你為什麼強迫那些婦女遮掩自己，把豐滿的軀體隱藏在既不舒服也不漂亮的服裝裏，讓婦女們無論工作或是行走都極不方便？在你的國家，婦女們和男子是平等的，她們和男子一樣參加戰爭，受訓、坐牢、工作、革命。但為何待遇卻是如此不平等？」

霍梅尼是高高在上的人物，何曾讓人當面責備過。而法拉奇的談話策略又相當高明，一見面就迅速出擊，可以從服飾深入到人權和尊嚴等話題。

霍梅尼被她語言攻擊步步逼急了，以致說話毫無章法可尋，他平時傲視一切的作風不見了，取而代之的是語氣有些偏激的怒氣。

「法拉奇小姐，你必須記住這樣的事實：對革命有貢獻的婦人，無論過去還是現在，都是那些穿著伊斯蘭服裝的女人。而不是像你這般裝束的怪女人，塗脂抹粉毫不遮掩地到處招搖，像隻蝴蝶般，引來一大群心懷不軌的男人尾隨在後。你要知道，在大街當眾展現自己臉蛋和身材的女人是不會和國家並肩作戰的，她們只知道安逸享樂，從來不懂得為國家分憂。她們不知自愛，用自己的身體把男人迷得神魂顛倒、心猿意馬，甚至於姐妹之間還為男人爭風吃醋破壞情誼。」

法拉奇立刻抓住對方談話中的〔弱點〕所在，對方不從正面與她討論人權的問題，而將她的注意力引向別的論點上，因此她毫不示弱地反駁說：

「這不是事實。我並非單指衣服，而是指它所代表的意義，也就是婦女們被歧視的現狀。革命以後的婦女們，只能再回到那頂「破帳篷」裏過生活，她們不能到大學裏深造，也不能到海灘上享受陽光，她們如果要游泳，也必須從另一處照不到陽光的地方下水，並且還要披上長紗，如果是你，披著一件長紗能否暢快地游泳呢？」

霍梅尼忍不住氣惱地說：

「這不關你的事情，這是我們的風俗，如果你不喜歡伊斯蘭教的服裝，你沒有必要穿上它。因爲伊斯蘭服裝是替賢淑的婦女準備的。」

法拉奇馬上站起來說：「謝謝你的提議，既然得到你的首肯，我現在就要脫下這身可笑的、中世紀、呆板的粗布……。」

法拉奇不愧是〔政治記者之母〕，當她單刀直入地攻進對方的〔心理弱點〕時，霍梅尼已經處於下風，只有千方百計的詭辯，不但只講衣服本身，不涉及政治問題，又亂無章法地說女性現代服裝是如何沒有道理，結果反被法拉奇一擊而倒，最後在訪談中嘗到敗北的滋味。

戰國時期，齊國有一位辯士名叫田駢，擅長搖唇鼓舌，喜歡整天用言語攻擊別人，人稱︹天口駢︺。此人自命清高，表面裝出一副清貧的隱士貌，實際上則是食著千種的俸祿，經常出入於豪門大富之家，隨從比一般的官員還要多。他還沾沾自喜，整日以︹效許由而不入仕︺招搖撞騙、沽名釣譽。於是有人決定要當眾揭穿他的僞君子伎倆。

有一日，他正與眾食客在花園下棋，突然有人走進花園求見。那人先對田駢奉承一番，表示極爲欽佩他不在世爲官的高尚情操，又表白自己願意跟在他的身旁做一名小廝。

田駢被那人捧得心花怒放，仍不住問道：

「你從哪裡知道我的這麼多事蹟？」

那人答：「我家隔壁的鄰居婦女。」

田駢越發自得意滿：「你家的鄰女怎麼這樣瞭解我？」

來人正正經經地回答說：「不但瞭解，還每夜膜拜你。」

田駢更加感興趣，繼續追問：「你知道那女人是何許人嗎？」

那人答：「我家鄰女自命清高，常發誓永不出閣。今歲三十，生子有七，雖無婚

姻，養子之術比那些結過婚的婦人還厲害。同樣的道理，先生常自喻許由，倦厭官場，但為何仍食皇祿、役多人，出入乘駟馬之車？先生的行為，豈不是就和那未結婚就生子的婦女一樣嗎？」

〔天口駢〕啞口無言，羞慚無比，最後只好拂袖而去。

這真是〔攻心〕說話的最好例證。那人起初運用誘導的方法，奉承對方，使其不加防範，然後用一個絕妙的〔獨身女子善生男〕的故事，揭去對方的偽裝，使他的醜陋面目大白於天下。

總之，和人爭辯之時，你只需抓準對方心理的弱點，找出其漏洞，然後一擊而中；例如商業談判之中，對方用虛假的條件來誘惑，你只需揭穿他的謊言，對方就會頓失上風，然後你再運用〔攻心〕語言策略說服對方即可成功。

【041】〔剝洋蔥〕策略的律師

英國人威廉．皮特曾說過：雄辯如火焰，需要燃料，也需要風來助長火勢。這樣，當它燃燒時就會閃耀動人。

臺灣曾發生一宗刑案，被告人何君的胞妹何小姐因口角糾紛打傷鄰居王君的太太，經雙方調解，議定由何小姐賠償對方醫療費二千元。

後來，王君多次上門索討，而何小姐一直拒絕償付，二人爲此發生爭執，王君氣憤之餘說了一句：「你要錢，還是要命？」

這句氣話被何小姐大哥何君得知，邀同事黃君闖入王君家中，對已經入睡的王君拳打腳踢，並以鐵器擊打，王君被打得昏迷過去，最後由聞聲而來的鄰居送往醫院搶救脫險。

在法庭上，原告律師和被告律師展開一場語言對抗。

首先爭論的是誰侵犯了誰，被告律師說：

「何君因王君威脅其妹而前去理論時，不料王君拿出匕首欲傷害何君，何君與同

事迫於自衛，才將王君打傷，此處有匕首和王君親筆所寫的〔憤恨難消，半夜持刀殺人〕的字據為證。」

原告律師馬上站起來反駁：「這不但顛倒是非，也是對法庭及法官的蔑視。事實上，何君等被告半夜破門潛入王家，將王君拖至地上毆打，並用鐵器將其擊傷，王君被迫持刀自衛，卻被黃君奪走，且黃君仗著人多勢眾，反迫王君書寫字據。」

第二個問題是犯罪現場的血跡，被告律師狡稱不知是人血還是狗血，原告律師立即予以反駁：

「現場血跡由法醫鑑定，與被害人血型相同，且有多位鄰人的證詞，被告人確實有傷害王君的行為。」

被告律師又將話題扯到傷勢上，他說：「被害人在傷勢治療期間曾駕車外出，現在又安然無恙地上法庭作證，說明他所受的乃是輕傷，被告並沒有構成傷害罪。」

接著，原告律師又提出醫院驗傷單，被告律師的狡辯又一次被戳破。

此案原告律師在辯論中，對被告律師提出的觀點步步化解，像剝洋蔥般一層層讓事實呈現，使得被告律師企圖使當事人逃脫法律制裁的圖謀落空。

SECTION-1
看故事學［攻心］說話策略

如果你面對的不是兩個人，而是一群人，那麼在運用這種說話術時不妨先施一些小惠來滿足對方的即時之需，使對方暫時無法凝聚力量，然後你再展開多層次的攻勢。假如一群來勢洶洶的人針對你而來，你最好先滿足他的生理需求，設法舒緩他們緊張的情緒，如：

「各位大概口渴了吧！先喝杯水再說。」

一來先緩和對方的怒氣；一來為自己贏得充分的時間做準備工作。

在群眾參與式的辯論中，當你單獨一人面對大家進行辯論時，不妨效法三國時諸葛孔明訪問吳國的策略，面對百家之言，不慌不忙，有條有理地逐一辯之。

〔攻心〕說話術在實際應用中有一些原則性的問題。如果在是與非、美與醜、善與惡等對立的辯論主題中，必須從宏觀的層次來闡述主題，而不要掉入細節和小地方的爭辯。

【042】留客的絕招

如果你要說服一位朋友陪你過夜，不妨這樣問他：

「你是要回去呢？還是要住下來？」

絕對不要問：「你是要住下來？還是要回去？」

除非你心裡真正的想法，是要他回去。

當一位女性被自己喜歡的男性問及「是否要回去」時，心中便有一種安全感，因為對方似乎很尊重自己，同時又滿懷著期待。

緊接著對方又問道：「還是要住下來？」此時失望感頓時消失，但也受寵若驚，心花怒放。

女性在自己喜愛的男性面前總是保持嬌羞的，她們喜歡含蓄的暗示，不喜歡強迫式的「你今晚一定要留下來陪我」這種霸道語句。

如果男士先問：「是否要住下來？」時，一般的女性，尤其是未婚的小姐必定會產生警戒心，並對你的人格抱持一種懷疑的態度。

SECTION-1
看故事學〔攻心〕說話策略

如果男士接著又問：「還是要回去？」時，也容易讓對方感覺被下逐客令，好像她自己的確應該回去似的。

在這樣的情況下，即使對方打算留下來，也會因爲男士的唐突，而不想留下來。

在我們平常的生活中也經常遇上這些事情，若是你想讓對方選擇你所期待的答案時，問話時最好將〔答案〕放在一句話的最後。

如果你是售貨員，當一名顧客在你商店消費了許多東西後，你便可以問他：「小姐，是要我幫你送回去呢？還是你自己帶回去呢？」

大多數顧客聽了都會說：「謝謝，還是我自己來好了。」

如此不但讓顧客有賓至如歸之感，同時又替自己節省許多時間和體力。

如果有一位平時你並不怎麼喜歡的人上門拜訪，你就說：「今天是留下來吃飯？還是回去吃？」

對方多半會回答：「不用麻煩，我還是回去吃好了。」

因此，在運用說話術時，不只要清楚自己的目的，還要注意自己所站的立場，權衡哪一種說話術更有利於自己，不能盲目地運用某種語言技巧，否則定會使自己陷入窘境，最後成爲對方說話術下的敗將。

【043】用〔我們〕化敵為友

說話時，常用〔我〕開頭或代表自己觀點的人，敵人只會愈來愈多；相對的，常用〔我們〕的人，敵人也會變成朋友。

心理學來說，〔我們〕、〔大家〕這類具有共同意識的字眼，容易讓對方產生錯覺，總以爲你和他是一國的，搞不清你的立場爲何；這時候，對方要攻擊你時，就會投鼠忌器或無法全力以赴，而這正是你要得到的結果。

在這種情形之下，對方的反擊最沒有殺傷力，而且他的心防，也很容易被你一攻而破，接著你再用〔攻心〕策略，趁他撤掉心防時，直搗黃龍，相信會有所收穫。

自古就有許多政治人物或領導者，都利用這種〔我們〕策略來籠絡人心、化敵爲友，當他舉起手中的刀槍或拳頭時，成千上萬的聽眾也會同樣地舉起拳頭高喊你的名字。

第二次世界大戰時，德國的希特勒、義大利的墨索里尼這些人物，在台上一呼百應，就是運用這種策略，煽動起群眾熱情的火焰。

SECTION-1
看故事學［攻心］說話策略

為什麼他們能夠靠著演說，將聽眾緊密地結合在一起呢？

其秘訣在於所運用的語言策略和肢體語言，讓廣大的群眾，認同他並產生共同意識。演說中，他們總會一直使用〔我們〕、〔我們大家〕等字眼，來籠絡人心，使聽眾產生〔命運共同體〕的感覺。這樣的演說策略，會使許多人認為這是攸關大眾利害的事情，並非為了個人的利益。

由於每個人的內心或多或少都存有潛在的〔自我意識〕，誰也不願意受別人左右。如果他認為你是在說服他，那麼他的反抗意識就會更加激烈，而不願意接受你的看法，即使你說得天花亂墜、頭頭是道，在他眼中也不過是為謀取私利而進行的偽裝表演。

經常使用〔大家〕、〔我們〕等這類字眼，會使人感覺到大家均是同路人，是生命共同體，於是對方原本頑固的心理防衛會不攻自破，並在不知不覺中認同你的觀點。自我意識愈強的人，越容易被對方這種〔我們〕說話策略所催眠。

同樣的道理，男女交往時，更要經常用〔我們兩人〕來開頭的話，這才會讓對方產生親密感。

【044】田忌賽馬

戰國時期，齊威王常與王族公子馳射賭局。大將軍田忌的馬不及齊威王，每次都輸給對方。

此時鬼谷子的弟子孫臏在齊國爲官，他見田忌的馬與齊威王的馬相差不大，於是悄悄對田忌說：

「你明日與齊威王賭馬，我能令你大勝。」

第二天，田忌邀齊威王賽馬，並以千金爲賭注，齊威王笑著對他說：

「你每次都輸給我，這次不也是送金給我嗎？」

田忌說：「到時候就知道輸贏了。」

第二天，王族各公子皆把馬車裝飾一番，一齊來到賽場，田忌有些擔心地問孫臏：「千金賭注，不可爲兒戲。」

孫臏胸有成竹地說：「沒問題！」

比賽開始時，孫臏讓田忌的三等馬和齊威王的頭等馬比賽，結果先輸一場，齊威

SECTION-1
看故事學［攻心］說話策略

王暗暗高興。

田忌說：「還有兩場比賽，勝負還未見分曉。」

第二局，孫臏派上等馬和齊威王的次等馬比賽，田忌贏了第二場。第三場，孫臏用次等馬對齊威王的三等馬，結果又贏了，齊威王大驚失色，問田忌：

「將軍今日有此大勝，必定有異人傳授祕法？」

田忌回答說：「不瞞您說，這是孫臏的計謀。」

齊威王從此對孫臏另眼相看，並讓他統帥大軍。

〔攻心〕說話術也是如此，在關鍵之時，要以大局爲重，不貪小利。雖然這是智謀策略的較量，實際上也包含許多做人的道理。

我們在思考問題時，一方面要從大前提著想，另一方面也要從細微處著眼。如果掌握了豐富的談話技巧，又能從整體和局部切入來找可乘之機，就有辦法使對方輕易臣服。

譬如你可以說：「其他小問題我們待會兒再討論」，然後，把焦點鎖在關鍵的問題上，不要讓一些細節問題干擾了主題。

開始先討論這些主要問題，然後再注意那些細微而又容易引起爭論的小部分，因

爲一旦全面展開辯論，就會與對方在無關緊要的事情上面發生爭執，並增加對方的敵意。如果你這樣開頭：「爲了顧全大局……」、「爲了大家的利益……」，對方不但原則上會同意你的想法，同時還十分感興趣，你便可趁機提出你最關心的焦點問題，或許他剛開始不易接受，但權衡利弊之後，最終還是會接受你的意見。

有一名商人，在市場上出售他飼養的馬，有另一個商人對他的馬也很感興趣，三言兩語成交後，便牽著馬離去。這時，賣馬者叫住對方說：

「先生，你既然買了我的馬，爲什麼不連馬鞍一起買去呢？我的馬久配此鞍，已經熟悉它的壓力；二來如果你要買新的，又要花更多的錢。買馬不順便買適合的鞍實在不是好主意。」

那名商人聽後覺得確有道理，於是爽快地買下馬鞍。

「既買馬，就要買鞍」是利用對方沒有防備的心理，一舉兩得。

反之，若像三國孫權〔賠了夫人又折兵〕，則是大大失策。

【045】如何進〔西點軍校〕？

每個人都有自己爲人處事的原則，雖然這個道理大家都知道，然而，當你和別人進行爭執時，你卻總希望對方接受你的觀點。

事實上，要對方接受你的想法，被你洗腦，並非不可能的。

如果你想說服對方，可以請對方先站在你的立場說話，讓他瞭解你的處境和心情，然後從他的言語中找到說服他的論據。

我有一位老師，治學嚴謹，對學生要求相當苛刻，每當學生當面抱怨他時，他總是淡淡地說：

「當你們有一天爲人師表時自然會明白。」

其實當初我們並不明白老師的意思，但步入社會以後，便逐漸能夠理解老師當時話中的含義。

「假如你此刻站在我的立場，你會怎麼做？」這種說話技巧，是說服對方最有力的一個心理技巧。

美國有位陸軍上校，自幼就一直夢想能進西點軍校深造。因爲那裏是將軍的搖籃，是每位士兵夢寐以求的求學環境。

套用拿破侖的一句話就是：「不進西點軍校的軍人，不會是好軍人。」

這名陸軍上校高中畢業那年，正巧遇上全球爆發經濟危機。而學校的規定又剛好是免費入學，因此更多人想進校學習，要擠進這所學校不容易，非得有權威人士的推薦不可。

然而，這些條件他都不具備。

不過，爲了一圓自己的夢想，他親自拜訪幾位權威人士，並對他們說：

「假如你是一位從小就夢想進入西點軍校的人，你會怎麼做？」

他這句話相當具有說服力，讓這些權威人士積極地向西點軍校推薦他，終於他如願以償，並且成就了一番事業。

事實上，如果他直接地對每個人說：

「請幫我寫封推薦函。」

那麼也許他第一次找人幫忙時就會吃閉門羹。

切記！要說服他人，就要先找出對方關心或在意的事情，並且讓對方和你產生

SECTION-1
看故事學［攻心］說話策略

共鳴，這是佯守實攻的第一步。

然後再觀察對方熱心的程度，探知對方的想法，最後讓他瞭解並支援你的行動，這是第二步。只要走到這兩步，一切問題便可迎刃而解。

許多催眠師經常運用這種策略來說服對方，直到最後完全控制對方的思維。

通常，催眠師會對被催眠者說：

「現在你已經心無雜念了。」

「現在你腦中空空洞洞，沒有什麼事來干擾你。」

「你感到眼皮很重。」

「你已經快要進入睡眠狀態了。」

「閉上眼睛，這樣就睡著了。閉上眼睛。」

被催眠者一旦被催眠師一步步地引導著，不知不覺中便服從他的指令，然後昏昏沈沈地睡著了。

人的大腦運作和處理語言的過程都有一種慣性，利用這種慣性，在一列系只能用〔是〕來回答的問題中，隱藏一個你想要他回答的問題，這樣就能得到你所要的回應。

如果你想邀請你的女朋友，星期天陪你去探望父母，然而她基於某些理由不跟你去，這時你可以運用這種〔催眠說話術〕來和她鬥智。

這時，你可以先說：「下禮拜我去你家，好嗎？」

「好啊！」

「有部電影聽說很好看，不如我們一起去看吧？」

「好啊！」

「我們將來一定要孝順父母。」

「好啊！」

「明天我們一起去看我父母吧！」

「好啊！」

通常，對方順口回答之後，才會發覺中了你的圈套，但她內心卻是不願意的。因爲，這是你略施小計俘虜了她，事後最好再多說一些好話，讓她滿心甜蜜地跟你去見你父母。我想，任何一位女性，這時都無法再堅持她的意見。

【046】世紀《聖經》辯論會

魯斯頓法官原本是沒沒無聞的小人物，因爲審判史庫柏斯案而名聲大噪。生活在二十年代的美國人大概不會忘記，是一名能言善辯的律師，讓他成爲家喻戶曉的人物，那位著名的律師就是美國歷史上最偉大的律師：克萊倫斯．丹諾。

那一次丹諾的辯論使審判地點改變了三次，第四次改在法庭外的草地上進行，上萬名聽眾的笑聲、喝彩聲和興奮的動作，自前幾次的樓面、地板轉移到青翠的草坪上面。

沒有人在意那些被糟蹋不堪的植物，連環保專家和終身疾呼〔還我綠色地球〕的激進分子，也因沈迷於辯論者精湛的語言技巧而將〔環保意識〕暫時拋諸腦後。

「這麼盛況空前的場面，似乎是丹諾在睡夢中預先設計的。」

魯斯頓法官不無妒意地想著。

這一次，丹諾是和頗富名氣的布萊安辯論，布萊安是一位研究《聖經》的專家，他坐在冷硬而細長的板凳上，開始用扇子驅趕蚊子。

丹諾這次採取的戰略，還是讓控方處在被告的位置，此種戰略不僅使審判顯得生動，並且也能扭轉不利的情形。

法庭前幾次都不允許丹諾提出科學性的佐證，以支持〔進化論〕的存在證據，所以他只有讓被告站在證人席上，試圖破壞對於《聖經》的字義解釋。

丹諾用一貫平靜的語氣問道：

「你對於《聖經》有相當的研究，不是嗎？布萊安先生？」

「是的！」布萊安回答，「我研究它大約有五十年之久。」

「你認為《聖經》中的內容，都應該依字面解釋嗎？」

「我認為《聖經》中的一切，都應按照原來所寫的予以承認，有些部分則是以例證的方式表現。」

丹諾問道：「當你讀到鯨魚吞下約拿時，你又是如何解釋呢？」

「當我讀到一條大魚吞下約拿時，我相信確有其事！正如我相信上帝既可以造人，也可以造出一條鯨魚，並且使魚和人做出上帝想看到的事。奇蹟都是很容易被人相信的。」

「你是說這種奇蹟讓人很容易接受嗎？」丹諾微笑著問。

「先生，對你而言也許很難。但對我來說則容易得多！」布萊安回答。

此時魯斯頓法官大發脾氣，他認爲丹諾顯然想將問題引入歧途，但丹諾沒有理會他那雙惱火的眼睛，繼續問道：

「布萊安先生，你相信約書亞能使太陽靜止不動嗎？」

「我相信。」

「你是指地球靜止不動嗎？」

「我不知道，我所談的是我堅信不疑的《聖經》。」

「那你相信那時候整個太陽都繞著地球轉嗎？」

「不，我認爲是地球繞著太陽轉。」

「你相信時間可以被延長，太陽可以被抑制不動嗎？」

布萊安微笑著說：

「我相信那些記載，都是受到萬能的主所啓發，而萬能的上帝可能使用當時的語言，直到丹諾先生出生爲止。」

草坪上爆出笑聲和喝彩聲，丹諾面無表情地站著，繼續提出他的問題：

「你是否深思過，如果有一天地球突然停止運動，會發生什麼事呢？」

「太離奇了，我沒有想過。」

「它會變成一團火球，你知道嗎？」

布萊安沒有了笑容，只是冷冷地回答：「當你站在證人席上作證時，我會回答你這個問題。」

「《聖經》上的洪水事件，是由於字面解釋才出現今天的傳說嗎？」

「是的，丹諾先生。」

「洪水起於何時呢？」

「我不敢代替萬能的主決定時間。」

「但你認爲《聖經》本身說的是什麼呢？你不知道洪水是怎麼來的嗎？」

「我不知道。」

草坪上開始響起不利於布萊安的嘲笑聲，這種無禮的態度使他回身對聽眾怒目而視。丹諾趁機說：

「先生，你侮辱了世上每一位有學問的人和科學家，只因爲他們不相信你那愚蠢的宗教。」

這時，魯斯頓法官的臉紅了起來，有一會兒的時間，他認爲丹諾在輕視他及證

人，有人提議不再讓丹諾詢問，但法庭駁回這一項請求，理由是〔對證人不公平〕。

丹諾深深地吸了一口氣，然後問道：

「你記得洪水發生在多少年以前？」

「紀元前2348年。」

「你相信諾亞方舟以外的生命都毀滅了嗎？」

「我想魚可能會活下來。」

「你不知道有很多文明可以上溯到5000年以上嗎？」

「我並不完全接受這些證據。」

「那你相信除了魚之外，地球上其他的生物都毀滅了嗎？」

「那時候是這樣的。」

「你不知道中國的古文明，至少有七千年嗎？」

「不知道，我只知道中國的古文明不會超過上帝創造宇宙的時間。」

「你知道孔子的儒教有多久的歷史嗎？」

「你知道佛教有多久的歷史嗎？」

「你從來沒有想過要去知道這些歷史嗎？」

對於一連串的逼問，布萊安先生只有回答：「不知道！你是我所知道第一個感興趣的人。」

接下來的詢問更加讓布萊安露出反感的嘲笑。

審判正如大家所料的無法再進行，魯斯頓法官只得再次下令審判延期。

丹諾走出法庭時，一群人圍著他，與他握手，向他道賀，他回頭看到布萊安身邊一個人也沒有。

那位先生遭逢了挫敗，雖無損《聖經》的地位，但是布萊安顯然痛苦不堪，他看上去只像個孩童般無助。

丹諾的辯辭一向以大膽、靈活清晰的思考、溫和的幽默以及尖銳的諷刺聞名，同時他特有的聲音、儀態和真誠、樸實、友善、慷慨的人格魅力，更賦予其辯論語言不同凡響的藝術效果，這篇辯護辭鮮明地呈現出丹諾的語言藝術特點──多層出擊，步步進逼，中敵要害。

連續逼問說話術的使用者，要具有廣博的自然知識、深厚的文化素養和豐富的人生閱歷。大家都知道，任何一個談話範疇都能向外擴大延伸，進而讓對方無所適從。

【047】沒男朋友的女人，該怎麼說話？

在社交場合裏，看對方是什麼身份的人，你就要用什麼語言，見人一定要說人話，不要見人說鬼話。

有一位長相俏麗的小姐一直沒有找到如意郎君，讓親朋好友大惑不解，問她是什麼原因，她也說不出理由來，事實上問題就出在她的語言表達方式上。

例如，每當有男士接近她時，她都會這樣說：

「我是一個叛逆分子，天生就不喜歡被管教。可能是我讀書的時間太長，沒有太多時間適應社會，所以也不懂人情世故，千萬不要逼我做賢慧淑女。或許我尙欠成熟，對看不順眼的人，會認爲他們言談舉止粗魯而沒有修養，而且我天生就看不慣那種儒弱的男人。我和形形色色的男人打過交道，可以說是閱人無數。雖然我有這些缺點，但仍然可以說是個有魅力的女人．．．，只是很討厭有些男人自作多情來糾纏不清．．．。」

像這樣的自我介紹，只要是正常的男人都會敬而遠之，她的言詞表現激烈，從字

面上看來明白易懂，但聽起來卻相當不順耳，甚至讓人看不出她的謙虛美德。

事實上，在社交應對上，應該多運用一些中性溫和的語言，沒有必要像古代賢臣對昏君進諫時的那種〔逆耳忠言〕。

如果她換另一種說法：「我不明白自己爲什麼會有這些缺點，也許是我還不太成熟的原因吧！女孩子都喜歡聽甜蜜順耳的話，我也不例外，不然，我的抗拒意識不會如此強烈。有些人行爲很惡劣，雖然我很看不慣，但只要是我喜歡的人，我也能包容……。」

在球場上有一句至理名言：「防守是最好的進攻」。防守只是一種手段，進攻才是終極目的。但兩者有時需要交替使用，當不明對手虛實，或者正面進攻無法奏效時，就需要先防守再進攻。

同樣的內容，由於表達方式不同，給人的感覺就有如此大的差別。

同樣地，面對同一個對手，正面進攻和佯守實攻的戰術收效也不一樣。

古人有訓：「逢人只說三分話」；尤其在和陌生人或上司說話時，最好心中有話，口中只說三分，不要一片忠心全盤托出。如果真的有意見要表達，也不妨採取委婉迂迴的戰術，在明白有力地表達自己意思的同時，也不會得罪對方。

然而，如果過度使用冷僻深奧的語言，雖然可以產生保護自己的作用，但卻沒有攻擊對方的能力。如此一來，不但令人難以接受，更無法使對方產生信賴感和親近感。如果你是從事推銷工作，絕對要避免使用這類用語，因爲顧客本來就準備要拒絕你，這時你又不斷說些似是而非的話語，更容易引起顧客的反感。

美國語言大師蓋亞・沙法爾說：

「要賣商品的人，必須先賣出自己的語言，讓人樂意聽你講話，如果售貨員說些不合時宜的語句，那是無法取得顧客的認可的，商品自然也賣不出去。」

就算你要批評某人，不要直接提及他的大名，更不要直接談論他的爲人處事方法。首先你可以說：

「有些人．．．．，如何如何．．．．」；或者說一件寓言或相關的故事，這樣既使對方瞭解你的好意，又能達到提醒對方改正的目的。

其次，你可以在他默認的基礎上展開勸說，讓他口服心服，這樣的說服術見效最快。然而，對方如果是冥頑不化的人，這種〔硬話軟說〕的作用就會減弱一些，這種情況下，你可以直接切入正題，將各種說話技巧交叉使用，多少能打動對方，然後掌握其弱點，使對方對你的話言聽計從。

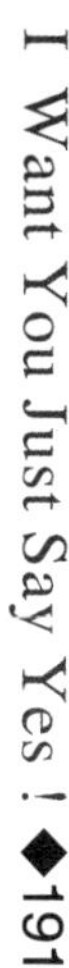

【048】人生自古誰不「怕死」？

人世間最難的，就是逼人家去做他不想做的事，因此，在人際關係上，如果希望對方做什麼，不如讓這件事和他本身產生利害關係。

瓊斯是芝加哥的一位富有的慈善家，他把大量的時間和金錢都奉獻於心臟病的研究，這是他最熱心的一樁事業。

國會參議院的一個委員會正在就建立全國心臟病基金會的可能性進行調查，要求瓊斯到會作證。

爲了準備發言，他請教了一些最優秀的專家。民間的心臟病研究組織配合他的工作，爲他準備了遞交給參議員們的呼籲書和簡明詳實的文件。

當他帶著準備好的發言材料去出席聽證會時。他發現自己被安排在第六個發言作證，前五人都是醫生、科學家及公共關係專家，這些人終生從事這方面的工作，但委員會對他們每個人的資格都還會一一加以盤問，甚至會突然問道：「你的發言

稿是誰寫的？」

瓊斯看出，缺乏醫學專業知識的議員們，對專家們內容高深的演講仍然半信半疑。輪到瓊斯發言了，他走到議員們面前，對他們說：

「先生們，我準備了一篇發言稿，但我決定不用它了。因爲我不能同剛才已發表過高見的那幾位傑出人物相比，他們已向你們提供了所有的事實和論據，而我在這裡，則是要爲你們切身利益而向你們作一呼籲。你們是美國的優秀分子，肩負重大的責任，決定美國的沉浮，現在你們正處於生命最旺盛時期，處於一生事業的頂峰，你們日夜爲國家嘔心瀝血，工作十分緊張和辛勞，正因爲如此，你們的心臟最有可能受到損害，你們最容易成爲心臟病的犧牲者。爲了你們自己的健康，爲了你們家庭中時常祈禱你們安康的妻子和兒女，爲了千千萬萬個把你們送進這個大廳的選民們，我呼籲和懇請你們對這個議案投贊成票！」

瓊斯面帶感情，慷慨陳詞，一口氣說了三個小時，就這樣議員們被徹底地征服了。不久全國心臟病基金會就由政府創辦了，瓊斯成爲首任會長。

心理學家馬斯洛就曾說過，人類的需求是有層次的，首先必須先有滿足生理需求的環境，接下來就是追求〔安全感〕，有了這二種最基本的需求，人們才會更進

一步追求團體歸屬和自我實現。

瓊斯想必也深知這個道理，因此，直接指出了心臟病對議員們本身的威脅，使對方不得不通過這項有利於自身需要的法案，是這篇演說詞成功的關鍵。

【049】〔模糊主義〕，女孩的保護機制

有一位作家曾說過，女性最讓人感到悲哀的一句話是：「我真的很後悔……」。如果要安慰那種喜歡後悔的女孩子，就必須要懂一些心理學知識和說話術。

同樣的道理，在說服不太成熟的人時，儘量多使用廣泛空洞的代名詞，因爲這樣可以麻痺對方的知覺。

另外，在評論某一個人時，若直接稱呼〔你〕、〔我〕、〔你們〕，最容易讓對方產生反感，進而讓對方產生出敵意。

因此，你應儘量把稱呼變得抽象些，擴大這些名詞的解釋範圍，混淆語辭所代表的意思，這樣就不會讓對方覺得有人在攻擊他，而在無形中自動解除心理武裝，使

你能輕而易舉地達到說服的目的。

女性經常會有後悔之感，這是因爲她們內心仍然處於未成年階段。因此，女性爲了保護自己不受到心理上的傷害，她們通常無法忍受措詞激烈的說教，反而對模糊的語言則比較容易接受。

如果你有一位女性朋友心情正低潮，你應這樣安慰她：

「你要知道，後悔也是一種寶貴的生活經驗，如果值得後悔你就儘量後悔吧！後悔是每個人成長所需的人生經歷，跌倒了再站起來，這才是人生；錯誤是無法避免的，要從錯誤中得到經驗，才能轉爲人生最大的收穫。每經過一次後悔，你就會更成熟，對事物的看法就更深入，而你也會更具成熟女性的魅力，我一直都欣賞習慣後悔的人，尤其是像你這樣的女孩。」

這席話中，完全沒有提到具體的指責和事件，反而都圍繞在後悔、錯誤、收穫、成熟等，這些抽象的字眼。

而心情不好的女孩子，實際上也不需要你的說理和分析，畢竟女人是情緒化的動物，她要的只是情緒上的慰藉，因此，對抽象或無意義的字眼，反而能讓她覺得心安。同樣的道理，如果你懂得使用這類抽象或是不明確的稱呼，也會使對方的反應

變遲鈍。例如：在交談中使用男、女、少年、老人、城市人、鄉下人、老闆等字眼，對方便不會發覺你實際上是在針對他，而不會產生不必要的敵意和誤會。

〔模糊主義〕說話術的最大好處在於，儘管對方事後發覺你的真正用意，但由於你使用的稱呼和名詞太抽象，使他無法對你進行任何攻擊，自然就不會產生敵意。

除了一些的模糊詞語具有強大的說服力外，使人印象深刻的指示詞也具有非常好的效果。其中，指示詞〔那〕便是一個容易使對方產生熟悉印象的詞。

〔那位小姐爲何自殺？〕人家搞不清你說的是哪一位？但似乎又知道哪一位？反正沒有指名道姓。

有一家公司爲新產品徵求命名，很多的應徵稿中有許多別出心裁的名稱。由於這家公司的新產品是嬰兒食物，所以許多人都千方百計地設計一些溫暖開懷的詞語。最後決定採用的名稱是一名小學生所想的，名叫〔媽媽湯〕。公司人員一致認爲這個名稱具有溫馨感，而且念起來琅琅上口，極易讓人記憶，所以便錄取採用。後來這種新產品得到顧客的喜愛，這不能不說是命名帶來的相對廣告效應。

【050】劫機和六合彩中獎的關係

由於恐怖份子的大量掘起，目前全世界劫機事件層出不窮，許多旅客非常擔心自己的人身安全，這使得搭乘飛機的人數急劇減少，全世界整個航空界的生意一落千丈。這時，有一家航空公司針對這種情況，特地在售票處掛起一塊告示牌，醒目的標語寫著：

「劫機發生的機率不到千分之零點一二。」

看了這個告示牌，不少顧客對售票員發牢騷說：「這麼看來，等於每一萬人就有十二個人遇到劫機，果真如此，我看只有搭乘汽車出國最安全了。」

一位小姐笑著回答：

「先生，請放心吧！事實上，劫機就如同中樂透頭彩一樣難，機率很小的。」

顧客反駁說：「六合彩再難也有人中呢！」

售票小姐回答說：「既然這是千載難逢的事情，幹嘛要害怕呢？」

聽了這話，顧客覺得有道理，仍然決定買機票。

心理學家曾說過，具體的數字最有說服力，愈是明確的數字資料，愈能給人信任感。這就是航空公司的行銷手法，用未經證實的數字去說服對方，使其消除恐懼心理。

日本語言學大師宇川先生說過：「語言抽象程度的高低並不重要，關鍵在於能否化抽象爲具體。如果介紹美國的烹調技術，最好按美國的飲食習慣、食物保存法及一般的家庭主婦烹調用具都要詳細介紹，因爲方法是抽象的，而烹調用具和實際操作是具體的。」

和數字一樣，具體的事物和比喻，才有說服力。因此，當你要說服一個人，其是非專業人士時，記得要用具體的比喻和數字，才會有好的效果。

【051】頭腦冷靜，才有正確的決策

人在江湖凡事要冷靜，尤其是遇到危機或困境時，更需要先潑自己一盆冷水，讓自己鎮靜下來，腦袋才能做出正確的決策。

商業往來中，對於那種虛虛實實的對手，你一定不可慌亂，即使你一時之間看不清對方的實力，也不要自亂陣腳。如果他此時兜圈子，你不妨也和他展開捉迷藏的遊戲。你要相信自己的實力，相信你在談判中最後會獲得勝利。謹慎地選擇詞語，恰當地運用說話技巧，用敏銳的眼光捕捉對方一舉一動所隱含的企圖，適當地探知對方的誠意，再選擇恰當的時機進行反擊。

美國邁阿密有一家公司，以生產電子產品聞名全球，但最近卻遇上困難，使工作無法按預訂的計劃繼續進行。

公司的總裁喬治先生，他一直是生意場上的常勝將軍，而這次的決策卻讓他感受到前所未有的巨大壓力。因爲在進行一番市場調查後，他決定停產電子產品，改產爲視聽方面的器材。

但是，眼前最大的問題是公司尚未脫手的大批電子產品將會囤積，這樣會使資金周轉發生困難。而且，一旦停產消息流到市面上，這批電子產品就只有落得以低價拋售出去的命運，公司的損失就很難估計了。

喬治思前顧後，決定暫時封鎖這項消息；另一方面又集合專家進行視聽器材的開發。紐約有一家經營電子產品的大商場，老闆名爲小迪克，由於貨物奇缺，小迪克便找到老朋友喬治的公司，欲購買大量的電子產品，因數額較大，喬治決定親自出馬。在談判席上，雙方客套一番後，立即轉入實質性的價格問題。喬治一貫的作法是以強硬的態度、咄咄逼人的氣勢令對方相信產品的品質，並且打算用這批庫存產品賺一大筆錢，以投資生產視聽器材。

小迪克面對對方的氣勢並沒有慌張失措，而是避其鋒芒，耐心等待時機。小迪克也有一項作生意的原則：如果無利可圖，寧願放棄這筆生意。因此，無論喬治如何表明產品品質優良，如何強調兩人的私交甚篤，小迪克依然穩如泰山，不爲所動。時而笑嘻嘻地講幾個小故事；時而打斷喬治的話而說些雞毛蒜皮的雜事。

小迪克除了在價格等問題上毫不鬆口外，對其餘的事都不在意。這樣一來，他倒是悠閒自在地喝著咖啡，而喬治卻開始躁動不安。

談判陷入僵局，小迪克提出參觀對方生產線的請求。喬治沒有理由拒絕，只好同意。參觀過程中，小迪克發現一些令人不解的現象，著名的電子公司內部人員稀少，很多機器都停止運用。到底發生什麼事呢？

小迪克百思不得其解，除非是公司要破產或停產，否則是不會坐視停產的損失。「也許，我買的是一批庫存品。」小迪克暗地裏這樣想。

參觀完工廠，重新開始談判時，小迪克決定降低價格，並用言語試探喬治的虛實。小迪克暗藏玄機的話令喬治坐立不安，他以爲對方知道了事情的真相。最後，他不得不同意小迪克提出的要求。把庫存品以超低價賣給了小迪克。

小迪克在這次談判中獲得成功，首要條件就是他懂得先冷靜下來，不隨著喬治的攻勢起舞，也唯有冷靜，他才能想出要參觀工廠，一探對方虛實，而這一探虛實，就探出了成敗的關鍵；因此，會說話的人，不是只會靠嘴皮子，而是懂得蒐集分析情報，然後找出對方的〔死穴〕，讓對方俯首稱臣。

【052】轉移不利於你的話題

每個人難免都會遇到一些不好意思推阻的要求。例如，你從不喜歡打牌，卻因為幾位數年未見的朋友相聚，並且非要你參加牌局不可，對你而言，如何運用〔攻心〕術來說服對方，找一個推卸的藉口是頗為費神的事情。

大凡喜愛杯中物的人，當他想找人喝一杯時，通常不主動去呼朋引伴，而總是將責任推給別人。他們常說：

「既然是你請我，那我就陪你去吧！」以此來推卸責任，或者回家以此理由向父母、太太交差。

這種性格的人，以日本人和法國人較多見。自己很想做某件事情，卻不願擔受風險，負起責任。

就如同愛喝酒的人，分明是自己想喝酒，卻因怕老婆責罵，便故意把責任推給朋友，說自己是被別人強拉過去的。不僅喝酒如此，其他諸如打牌、跳舞等也是如此，盡說些「我是受經理的委託」、「這是同事的意思」等不負責任的話。

社交禮儀中，你想送禮物給朋友，如果你稍微用一點技巧，就不會使對方覺得不好意思，對方一定會收下禮物。

你說：「我這段時間受了你許多照顧，這小小的東西實在無法表達我的心意，但還是請你笑納。」

大多數人聽了這番話後，都會欣然接受，因爲你早就替對方找好接受禮物的藉口，使他在收受禮物時不會感到不好意思。

如果你要送上司小禮物，或者在節日去拜訪以前的老師，都可以用這種方法，使對方能夠坦然接受你的敬意。

在社交場合裏，並非每個人都是你的知已，也許某些人正準備從背後襲擊你。如果你挽著太太在散步，兩人興致高昂時，突然有人走過來嘻皮笑臉地對你說：

「上星期三晚上在我家裏玩得痛快嗎？」

雖然他也許是實話實說，但此刻你身邊的太太聽了見這種話肯定不高興，且會開始疑神疑鬼。

最好的辦法是消除那句話的不良後果，你可以對他說：「你想我輸啊！我才不會上當呢！」

妻子的注意就會轉移到你們打賭的事上，你再善意地哄騙太太，說你跟那個人曾打過賭：如果突然之間讓我們夫妻倆翻臉，就輸給他一百元。說不定你太太會說：「是嗎？那我們偏偏要親密一些，讓他休想拿走一分錢。」如此輕易地便消除了一場可能發生的家庭風暴。

【053】如何和〔名人〕說話？

社會上名人很多，諸如歌星、影星之類，與這一類人打交道時，必須特別注意自己的用語。

身爲名人或公眾人物，難免已經習慣高高在上的派頭，如果你僅僅是和他討論某些小問題，一般的說話技巧就綽綽有餘了。

假如你是新聞記者要採訪名人，或者是某報社的編輯要向名人約稿，就得採用一些特別的說話策略。

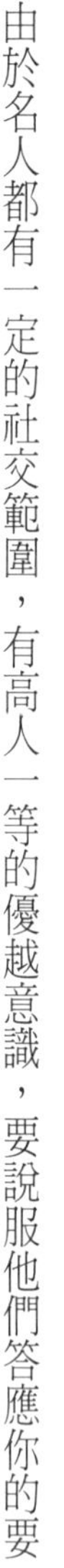

由於名人都有一定的社交範圍，有高人一等的優越意識，要說服他們答應你的要

求絕非易事，雖然有一定的難度，但不是毫無辦法。

我有一位朋友是某大報的編輯，他在與名人的語言交際上有相當豐富的經驗，其中有一些是值得借鏡的。

據他說，有一次他向一位大作家邀稿。但這位作家不是推說沒有時間，就是說自己馬上要旅行。結果他打了無數電話都無法讓對方答應。這是因爲對方的名氣太大，找他寫文章的人又特別多，所以一時之間無法給他一個滿意的答覆。

由於對方是名人，而他又有求於對方，情急之下難免低聲下氣，結果反而令那位大作家更加心高氣傲，連在電話那頭的說話聲音都是冷冰冰的。

但我這位朋友有一種鍥而不捨的精神，決心要完成總編輯交付的任務，所以他就換了一種語言戰術，打電話只是告知他對作家的新作品有很高評價。

過了幾天，他又親自拜訪那位作家，一開始他對於邀稿的事隻字不提，只是和他聊天。

接著，在雙方交談甚爲融洽之時，他突然說：

「先生，聽說你最近寫的一部長篇小說在國外很暢銷，有這回事嗎？」

這位高傲的作家聽到這句話，心中更是樂不可支。接著這位朋友又問：「我拜讀

過先生的不少作品，知道先生一貫以意識形態的手法進行創作，請問這部作品也能夠翻譯成英文嗎？」

大作家聽了更加興奮，態度也不再那麼傲慢地說：

「因爲我寫作的手法十分奇特，翻譯成英文起來有些困難，不過還好我的英文底子不錯，加上幾位教授朋友的協助，最後還是把這部作品譯成英文，只是苦了翻譯及編輯人員。」兩人於是開始興致勃勃地談論起文學作品。

剛開始，這位編輯朋友還爲他所採用的說話術擔心，沒想到作家的反應如此熱烈，比他預期的還要好。

幾十分鐘後，那位大作家親口答應當天就給他一篇文章，那位朋友最後高高興興地回去交差了。

名人不是忙人就是閒人，太忙的名人沒時間，太閒的名人沒有動力，提不起勁。而且，只要是名人，每天都會遇上什麼採訪、赴宴或者邀稿的瑣事，所以他們通常對這些事不太熱情。

而我這位編輯朋友之所以成功，完全在於他虛實說話策略的成功。

任何人，當他面對一位無論在社會地位、年齡裝扮、知名度上都比自己略勝一籌

的人時，心理上難免有障礙，不敢正面和對方交談，讓對方始終以壓倒性姿態佔自己上風，這就容易讓自己一直處於劣勢。

因此，當你假設對方也摸不清你的虛實時，你不妨用這招〔虛實相掩〕的攻心術，自然可以提高自己的發言地位。

然而，運用〔虛實相掩〕的說話術時，必須要先認清雙方的實力，進退都要有一定的分寸。如果遇上實力強的對手，就要以虛來應付，不要正面硬碰硬，而要從側面找對方的缺口。

否則，雙方正面攻擊會讓你像雞蛋碰石頭一樣，自找死路。相對的，如果你的實力比對手強，你就可以從正面發動攻勢，一鼓作氣地擊潰對方。

不過，現實世界中，真正實力強大的人不多，你我也不太可能經常有這種好運；因此，懂得以虛避實，躲開對方的強大攻勢，用虛的策略消耗對方的力量，才是真正的高手。

【054】清官的〔掃黑〕策略

古代有一位清官，爲民爲國耗盡畢生心血。

有一位因橫徵暴斂而發財的鄉紳，他是個人過剝皮、雁過拔毛的無恥之輩，人人恨而誅之，卻無奈動不了他。這位清官決心要好好懲罰他，但一時也抓不到他的犯罪證據，於是想出了一個計策。

有一日，清官特別設宴請鄉紳吃飯。在宴席用餐後，兩人轉至客廳喝酒閒話家常時，鄉紳由於有心要結交官吏，好方便自己更肆無忌憚地橫行鄉里，因此對於清官的所有問話，皆知無不言，言無不盡。

清官說：「如果你有一件東西，在你沒有交給公家之前，這東西仍是屬於你的，對不對？」

鄉紳連忙點頭哈腰地說：

「不錯，是這麼回事！」

過了一會見清官又問：「你最近有沒有向公家捐過什麼東西呢？」

「沒有啊！」鄉紳回答道。

「你認真想一下，有一件東西你捐出來沒有？」

「真的沒有，大人，你說的到底是一件什麼東西？」

「一件珍貴的貂皮。」

「喔！是這件東西啊！我沒有捐過，我記得清清楚楚。」

「去年八月到現在都沒有嗎？」

「確實沒有，大人！」

清官突然猛擊一下桌子，大喝一聲：

「大膽刁民，快把贓物貂皮交出來！」

鄉紳被嚇得目瞪口呆，但又不敢直言頂撞，只好低聲下氣地問：

「大人，您誤會了，您說的是什麼贓物？」

清官大聲說：

「去年七月某家被人盜走的那件貂皮，你剛才還承認，東西在你沒有捐給公家之前，仍然是在你那裏。你既然一直都沒有捐出來，那麼現在捐出來還時猶未晚。否則，我判你江洋大盜的收贓罪，發配你到邊疆充軍。」

鄉紳一聽，明白清官的意思，但他又無從抵賴，只好乖乖地交出無數的黃金白銀來充公，從此以後，行事也不敢太囂張，只要是這位清官在位期間，他也就不敢胡作非爲。

相對的，一旦你要和上司或你不能得罪的人打交道時，最好經常使用一些能夠喚起對方優越感的詞語，盡可能做到不傷及對方的自尊心，如果能更進一步喚起對方的優越感，就更能使對方慎重考慮你的請求。

求職時，最容易成功的說話術便是以退爲進，以守爲攻。

美國威廉博士是一位專門研究人際關係的權威人士，在他大學畢業後曾有過這樣的經驗。

有一天，他到一家食品製造公司應徵。他在等待面試時，開始懷疑自己從課本上學到的知識是否實用，加上應徵者很多，所以根本不抱任何希望。

面試時，他單獨被公司總經理召見，在簡短的自我介紹後，總經理突然問他：

「請問你有什麼專長？你認爲最適合在本公司擔任什麼職務？」

威廉很慎重地回答：

「事實上，我才剛畢業，還不太瞭解自己的專長……，但是我想聽聽總經理您的

意見，或者讓我到公司裏見習一下，看我適合做什麼工作。」

聽了這段話，總經理馬上做了決定：「就這樣吧，明天早上八點你來公司報到。」

就這樣，威廉被錄取了；前面那些應徵者，有的學位比威廉還高，口才也比威廉好，但都沒有被聘用。

因為這些人一開始便充滿自信地誇耀自己的能力，不把總經理看在眼裏，使得這位同是博士出身的總經理心生反感。

而威廉的一句「我不太瞭解．．您說呢？」就足以打動總經理的心。

這句看似簡單的一句話，其實它有雙重效果，既能滿足上司的優越意識，同時又能表示自己的謙虛謹慎。

同樣的說話策略，用在那些社會上已有崇高地位的企業家、政治家、學者，也能達到你的目的；總之，先肯定對方的社會地位，再說些尊重的語言，就能博得對方的青睞。

【055】美國憲法的誕生

世界上第一部成文憲法誕生於美國，誕生前美國正處於獨立戰爭時期。由於許多政治學者的參與，使得制憲問題因意見相左而一再拖延。

佛蘭克林當時就是一位政治家，但他天生具有的演講口才，經常能夠使敵對雙方化敵為友，扭轉不利局勢。

制憲會議在費城召開，場面已經是一片混亂，幾個黨派之間有著激烈的爭論，氣氛一度熱化，演變到最後不但已經鬧得一團糟，而且許多人也開始進行人身攻擊。

佛蘭克林為了緩和氣氛、平息衝突，於是對與會人士說：

「憑良心說，我也不太贊同這部憲法，但是，我卻無法以堅決的態度去反對。直到今天，即使我得到有利的確切資訊，也會慎重地加以考慮，有時到最後也不得不推翻原意，任何重要的問題都是如此。原以為判斷準確，結果卻大相徑庭。雖然今天各位的想法不一，但希望看在美國社會的共同利益上，暫時放棄個人之間的爭執，共同簽署憲法案。」

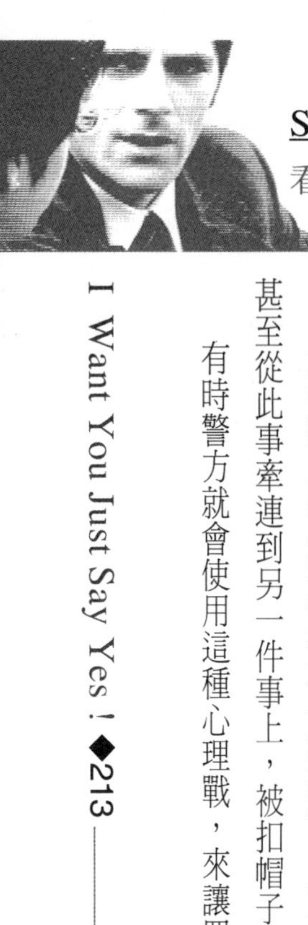

SECTION-1

看故事學［攻心］說話策略

佛蘭克林巧妙地運用「攻心」說話術，逼得那些爭執者或對立者無法違背「美國社會的共同利益」這一個偉大的前提，使得世界上第一部成文憲法順利誕生。

由此可以看出，他成功的秘訣在於坦率承認自己與別人一樣，無法保證自己沒有私心或不犯錯。也就是說先承認自己的弱點，表明和一般人沒有兩樣，然後再強調自己也不得不爲了「大眾共同利益」而放棄自己的想法。

這種現象在心理學上稱爲「群眾利益放大現象」，說得明白一點，就是一種「集體移情作用」。

語言制勝，攻心爲上，這是實戰中歸納出的有效成果。攻心方式很多，語言技巧各異，有的時候用表面同情的方法，有時又需要作勢威嚇。總之，只要你動搖了對方的心理防線，他就不會堅持己見，而被你說服。

世界上的任何一個法治國家，判處罪犯的依據除了確實的證據，還有就是罪犯的供述，也就是自白。

大多數人的心理都存在一種恐懼：怕被指「白」爲「黑」，「無」中生「有」，甚至從此事牽連到另一件事上，被扣帽子。

有時警方就會使用這種心理戰，來讓罪犯坦白。

因爲如果不借助一些語言技巧的攻心策略，很難使罪犯甘心服刑。

一本警察手冊寫道：「你要極力找出嫌疑犯的心理防線，使對方內心動搖。讓罪犯坦白的方法很多，但使用時要慎重，否則就可能有冤情產生。」

有位警察審問一位強姦犯，這嫌疑犯擔心受到法律嚴厲的制裁，所以便死不承認。

這時警察突然說：「從那位小姐的責任來看，她自己也不應該穿得如此暴露。別說是你，換成別人，大概也會產生邪念。說不定她原本就是一名不良少女。」

這種以退爲進的詢問方式，可能會使嫌疑犯產生和審問者相同的感覺，此刻再以激將法，比如「男子漢敢作敢當」等話，對方通常會一五一十地坦白罪行。

【056】屠夫殺人事件

中國古代偉大的兵法著作《三十六計》中有一計爲金蟬脫殼，也就是虛實相掩的計策，原文是：

SECTION-1
看故事學［攻心］說話策略

〔存其形，定其勢，友不疑，敵不動。巽而止，蠱。〕

意思是指：保存陣地的原貌，造成還在原地防守的假象，使友軍不疑有他，敵人也就不敢貿然行動。在對方迷惑不解時，隱藏性地轉移自己的實力。

語言交戰是需要高度智力的對抗，由於各種變數太多，辯論時難免會出現意外情況，使形勢發生逆轉。

本來處於主動的你，可能突然成了被動挨打的人，這時，虛實相掩的說話術就可以助你臨危不亂，反敗爲勝；例如，你可先保持原狀，然後機巧答辯，穩定局勢，使第三者不懷疑，使敵方不察覺，最後理直氣壯地結束辯論。

據說有一件謀殺案，被告是一名屠夫，他與當地一名婦女有不可告人的姦情，此事鬧得滿城風雨，當地無人不曉。

後來那位已婚的婦女良心發現，想擺脫對方的糾纏，中止這種不正當的關係。但屠夫卻不死心，在一個風雨交加的夜晚，潛入那名婦女的臥房，雙方一言不合之下，屠夫竟殘忍地殺害那位已有七個月身孕的婦女。

事後，殺人犯難逃法網，向警方自首。

當時，在審判的法庭上，原告和被告因爲一句不完全正確的話發生了爭執。

當時原告律師說：

「被告殺死懷孕七個月的婦女，實際上是造成兩條生命的死亡。」

被告律師立刻抓住這個把柄，在法庭上問原告律師：

「根據法律規定，在母體內的胎兒，還沒有取得合法公民的身份，還不算是一位自然人，無法享受法律保護的權利，怎麼可以說成是兩條人命呢？」

本來此案證據確鑿，原告已經完全占了上風，卻因爲出言不慎，一時陷入窘境，所幸原告律師思索片刻後冷靜下來回答：「我同意辯方律師剛才的說法，但我想說的是，被告殘忍殺害孕婦，比殺死一般婦女在惡性上要嚴重得多。」

原告律師的回答是如此精妙，他沒有和被告律師當場爭執，因爲他不清楚被告律師的說法到底是否正確，所以他選擇巧妙地避開被告方律師的攻擊，從道德和感情上表達自己的意見。就這樣，她不直接承認自己的錯誤，又婉轉地說明自己本來的意見，這樣既能扭轉不利的局面，又能反將對方一軍，可見虛實互掩的說話術，只要用的好，勝過和人家爭得面紅耳赤。

現實生活中，我們隨時都可能遇上突如其來的事情，說話或表達意見時，就必須掌握攻心的關鍵和技巧。

SECTION-1
看故事學［攻心］說話策略

如果你一時之間弄不清問題或對方的虛實，最好先避開對方的鋒芒，以免被刺傷。談話時碰到這種情況，最穩當的策略就是〔避實就虛〕。如果你正在和戀人聊天，她突然問及你以前的情人，並且目不轉地看著你，這時你千萬不要提起以前的風流韻事，更不能洋洋自得地滔滔不絕。

這時，你最好是把話題拉回到她身上，說：「說實在的，和妳在一起，那些事我早忘了！」或者說：「我現在心中只有妳，就當我得了失憶症好了！我只記得你是我的情人。」

因爲熱戀中的男女，連對方身旁的空氣都渴望占爲己有。如果你此刻談起以前的戀人而且還不知死活地露出陶醉的樣子，對方一定會想：

「看來這傢伙舊情難忘，雖然信誓旦旦說愛我，結果還不是口是心非。」

女孩子，總是心眼特別多，經常沒來由的就會問你這方面的事，所以你一定要慎重回答，最好是避實就虛，否則，也許會因此斷送一段好姻緣。

【057】建築公司老闆的說話術

我從前上班的公司中，有一位同事，辛辛苦苦賺了十幾年的薪水後，終於買得一塊理想的地皮，並著手修建房屋。他整天都笑逐顏開，因爲在城市裏生活，誰不想擁有一棟屬於自己的房子呢？

誰知事情發生了變化，他突然接到公司的命令，要他到歐洲某個國家主持分公司的工作。這下他亂了陣腳，簡直不知道該如何是好？

他想去又放心不下正在動工的房子，想留下又怕影響自己的事業，真是令他頭痛萬分。不過，他很快就拿定主意，立刻與建築公司取得聯繫，通知對方要停止後續工程並解約。

結果如何？

建築公司負責人一付認真地聽了他的理由，然後從容不迫地說：「哦！這確實是件大事，事情既然這麼突然，那就得儘快解決。不過，先生，我想提醒你一句，建造這樣一棟房子，是你這一生中的一件大事，或許你一生就只修建一次房子，況且

工程都已經過半，停工將會有很大的損失，是否應該考慮清楚後再做決定呢？」

那位負責人的話，很明顯地使這位同事認爲，這件事如果處理不當，將會影響自己的一生，千萬不能因眼前的某件事而改變終身長遠的計劃。

我的這位同事本來已經決定解除房屋修建契約，後來對方「一語驚醒夢中人」，最後放棄解約的念頭。

這位建築公司負責人的說話策略和魅力，一直以來，都讓我激賞，且覺得他是高手中的高手，雖然短短幾句話，卻深藏著高明的策略在其中。

首先，他先站在我同事的立場想，同事調職到海外，確實是人生的一大重要事件，這麼一來，我同事在心理及認知上，就會把他當成同路人或同一國的人。

接著，他強調蓋房子不是開玩笑的，每個人一生或許就只有這次機會蓋房子，千萬不能兒戲。

再者，他又回到現實，強調如貿然停工，費用上有極大的損失；綜合這二個重要且不利於同事的結果，再下結論，請同事三思而行，自然會讓我的同事心中一震，如大夢初醒，心中感激這位老闆，要不是他可能就做錯了決定。

建築公司負責人的任務，就是讓我同事打消解約念頭，因爲如解約，對建築公司

來說，也是莫大損失。

後來，這位負責人不僅達成任務，還幫我同事一起想後續的解決方案。

據我所知，我這位同事還是被派任到國外了，不過，房子仍繼續蓋，只是他找來了鄉下的哥哥，由哥哥當監工，並且出了一部分的經費，將來房子蓋好，哥哥會先把父母從鄉下接來新房住，等我同事回來，大家一起合住。

【058】可口可樂的祕密配方

在社交場合上，難免對方爲了打探你的虛實，往往會提出一些十分敏感的問題。有的人故意用挑釁口吻問話，有的人突然問一個出乎你意料的問題，讓你不知所措。

面對這些難題，你可以運用〔以虛答實〕的策略，委婉又不傷和氣地拒絕對方的問題。某國領導人舉行記者招待會，一位西方記者問：

「總統先生，你剛才說是貴國已經是獨立自主的國家，而不是別國的附屬國。請問，你說的〔別〕國是指誰？」

SECTION-1
看故事學［攻心］說話策略

還好，這位領導人的應變能力也不錯，他立刻回答：

「所有在座的人都明白這個別國是誰，你也明白，是不是？」

商業競爭中，也往往涉及到一些商業機密，一旦被對方取得機密，將會造成無法估計的損失。

聞名全球的可口可樂公司，對飲料的配方一直甚爲保密，至今任何人都無法探聽究竟。據說有一次，百事可樂公司的總裁邀請可口可樂公司的總裁共進晚餐。用餐期間，雙方談得很融洽。這時，百事可樂公司的總裁悄悄問已有些醉意的可口可樂公司總裁：

「親愛的朋友，你能告訴我可口可樂的秘密配方嗎？」

可口可樂公司的總裁雖然有些醉意，但心裏還十分清醒，他故意低聲問對方：「你能保密嗎？」

「我能。」百事可樂公司的總裁暗自竊喜地說。

「那麼，我也能。」可口可樂公司的總裁說完這句話後，又端起酒杯乾了一杯。

這種說話技巧就是借力使力的絕佳例子。那位總裁利用對方的話，回絕了對方的要求。

答話要答得巧妙，掌握語言技巧和對方心理是必要的。但僅有這些並不夠，你還必須具備多種內涵，諸如豐富的知識、機智的應變能力。

若想達到對答如流的程度，我們平時就要多思考、多看書，使自己的知識更加全面，還要在各種場合與不同的人士交流，鍛鍊自己的語言能力和培養心理分析能力。

【059】最後一件，不買可惜！

我曾與位朋友上街，在超級市場內，朋友看上一件皮衣，在買與不買間猶豫不決。這位老兄的個性一向優柔寡斷，碰上花大錢的時候總要與太太商量。這次他太太沒有跟在身邊，更使他左右爲難，想買又怕價錢太貴，買回去太太會嘮叨；不買又違背自己心願。於是他徵求我的意見。

在我看來，那件皮衣也沒有什麼特別之處，而且價格明顯偏高。其優點是顏色和樣式都相當新潮。

我便對他說：「這件事不必向別人請教，你自己拿主意吧！」結果這位老兄，大

SECTION-1

看故事學［攻心］說話策略

概是老婆教得太好了，最後還是怕老婆罵，放棄了這件皮衣。

這時，超市經理走來，對我的朋友說：「先生，這件皮衣是全城最後一件，不要錯過這次機會哦。」

這樣的一句話，深深地打動了我的朋友，他爽快地掏出錢，買下那件皮衣。

許多人會對一件事遲遲不敢下結論，尤其是在商場上。特別是那種前怕狼、後怕虎的優柔寡斷者。在現今高效率的社會中，如果和這種人士打交道，根本辦不成事。這類生意人最後都會失敗，因爲他們不能真正領悟〔機不可失，機不再來〕這句話的含義。

有很多人往往會買下原來不想買的東西，哪怕你本來就是一個剛毅果敢的人，也會被別人乘虛而入的話打動。因爲賣主都會說：

「這是最後的機會，不買就太可惜了。」

大家會這麼想：

「是啊！如果不把握這最後的機會，真的太可惜了。」於是便買了下來。

如果你是推銷員或售貨員，切記不要給顧客有太多考慮和比較的時間。尤其是對女顧客，更要講求速戰速決，你要告訴對方：

「這是你唯一而且最好的選擇，也是最後一個機會。」

試想，遲疑不決的人，到底是什麼原因使他們如此優柔寡斷呢？

其中，未到時機的心理和等待更好機會的想法占絕大部分。許多人都會認爲：「反正有的是時間，再考慮的話或許有更好的選擇」，或者想：「只要我拖延一下，對方肯定會主動降低要求的！」

對這樣的人，如果給他長時間考慮，不但浪費他的時間，也是浪費你的時間，最好的辦法就是讓他及早作決定。

運用語言技巧和心理戰術可以達到這個目的。〔最後通牒〕是讓對方放棄觀察和僥倖心理的最好方法，請君入甕同樣可令對方自動走進你預先設下的佈局中。

不管他有沒有時間，或能否獲得好結果，給他來個最後通牒，會讓他覺得自己的觀望是毫無意義的。

所謂〔最後通牒〕，就是用語言構築的〔大甕〕，爲了儘快解決紛爭，你應立刻和對方停止毫無意義的談話，並提出自己最後的要求，讓對方去選擇。

〔最後〕這個字眼，除了有某種威脅語氣外，還有一種情感的因素在內，雖然對方很難承受這句話的言外之意，但不可思議的是經你這麼一說，原本無法決定的事

就非下定決心不可。

相對的，日常生活中，那些說話不猶豫，且有根有據、有條有理的人也是我們最難說服的人。這種人智商都不低，即使你有正確的理論也容易陷入他的圈套。因爲在語言交鋒中，你只有一味聽他說話的份，這樣一來，你心理上的優越感會消失殆盡，無形之中已居下風，根本達不到說服對方的目的。

遇上喜歡以理論攻擊他人的，你最好的方法就是擾亂對方的氣勢，聽他說話時，你要故意顯得三心二意，用蔑視態度說些「是嗎？」之類的話，並且要頻繁使用感歎詞，時而東張西望，時而問一句無關緊要的問題。

如此一來，對方便會覺得他並非一直受重視，氣焰也就高不起來，這時你就可趁機反擊，將其擊敗。

【060】故意打斷對方的〔咄咄逼人〕

有時候，你的身邊有一些整天嘮嘮叨叨的人，不停地說些廢話，使你無法專心地做事。如果你想中斷這種無聊的話，可以藉由上廁所、打電話等小事離開現場，幾分鐘後回來，保證對方已失去高談闊論的興致。

如果你面對的是健談的男士，你可用沈默來對付。若不巧是位太太或小姐，你就得多費一些心思了。除了上述那種方法外，你還可以故意和她抬損，找她語言中的錯誤，甚至假裝痛罵與對方毫不相關的人、事，這些都可以使對方說話的興致大大減弱，最後自討沒趣地離開。

當我們正興致勃勃高談闊論時，若被突然打斷，無論誰都會不高興。如果是你的上司，你就得小心飯碗；如果是位長者，你就得有挨罵的準備。

任何人都是一樣，偶爾一兩次還無所謂，若連續被不識相的人將談話腰斬，包管你會被氣炸。留意一下身邊的人，你會發現這樣的人很多。我曾認識一個人，他最大的毛病是喜歡在別人談興正濃時潑一盆冷水，插上一句「照你這麼說……」接著

就是牛頭不對馬嘴的談話。別人講故事或講新聞，他都要替別人把自己想像的結局講出來，使人覺得他太不識相。就好像你正在爲電影裏男主角的處境心驚肉跳時，他突然說：「有什麼好擔心的，那人最後不僅沒死，還做了將軍。」使你頓時失去看電影的興致。這種不討人喜歡的說話方法，只要你懂得活用，就會產生另一種效果，讓對方不知不覺走進你的圈套，進而結束和他之間的閒談。一位太太說她有一套對付那些推銷員的方法：當對方拿出樣品正準備詳細解說時，她馬上說：

「對不起，我的湯煮好了！」然後轉身就走。

一般的推銷員只好離去，碰上比較有耐心的推銷員她就會一直重覆使用這些方法，讓對方始終無法連貫地說完一件事，這樣的方法，使得許多推銷員從此以後不再上門推銷。

每個人一生中都會碰上左右爲難的事，有些爲難事你又無法用正常方法去解決。例如，你想向上司討債，但那筆錢的數目又非常小；又如你壓根兒不想冒犯誰，但偏偏有人對你提出過分的要求等。因此，你如何運用語言和策略處理這些情況便顯得很重要。別人對你所說的話會使你產生某種情緒，如果開心，你就會流露出愉悅的表情；如果氣憤，自然產生怒容。

不可思議的是，當你先說讓對方高興的話後，立刻接著說幾句使他生氣的話，對方就算很生氣，但在這一瞬間也不會將笑容換上怒容。因爲你事先已經使對方感到愉快，即使隨後出言不遜，對方的表情也不會有太大的變化。

文化藝術界中，經常會出現這種現象，指導別人的作品時，首先稱讚優點，然後道出缺點，儘管可能言詞過激，對方也都一笑置之。

我認識的一名樂師打算到某夜總會工作，卻碰上一個善於討價還價的老闆，經過幾番交涉，樂師認爲薪水太低，因此打算回絕。

但由於他這次是經由一位好朋友介紹而來，怕斷然拒絕有點不給面子，於是心生一計：他先說一些笑話，然後一本正經對老闆說：

「如果我的加入能使你的生意更興隆，哪怕我是獻出這條性命，也會全力以赴。」

老闆聽到這句話時，自然笑逐顏開。樂師立刻抓住機會，扭曲老闆的意思說：

「我是說真的！你居然嘲笑我的誠意？我知道你看不起我的專業技能，不尊重我，不然你怎麼可能給我這麼低的薪資？既然這樣，我們還能合作嗎？」

他假裝十分氣憤，話一說完轉身便走。那位老闆雖然後悔一開始不該給對方那麼低的薪資，但爲時已晚，事實上，樂師是故意利用與他之間的不愉快，使協定告吹。

【061】讓對方子彈轉彎的老師

如果你不小心被人指出錯誤，而你的身份和地位又不容許你出現這種錯誤，此時你必須馬上將對方的注意力引開，或者將問題巧妙地推回給發問者。

當兩者的對立情緒已經到最高點，就要一觸即發時，這時，突然來了一個共同的敵人，反而會使兩人化干戈爲玉帛。

談話高明的一方會馬上假設一個共同的敵人，來降低雙方的對立感和敵意，因爲涉及雙方的利益，對方會暫時與你合作，以便減少不必要的損失。

有一名法文老師語言偏激，常常對犯錯的學生冷嘲熱諷，令那些自尊心強的學生難堪不已，所以在他執教的學校裏，他算是一名不受學生歡迎的老師。

不巧的是，某天他講授法文時，不小心在語法問題上犯了一個明顯的錯誤，並當場被一名昔日被他嘲諷過而耿耿於懷的學生發覺。

這名學生馬上逮住報復的機會，絲毫不客氣地指出錯誤，此時所有的學生都安靜

不語，想看看平時囂張跋扈的老師會如何應付。

這名教師不知如何面對這個窘境，一陣面紅耳赤，但他畢竟為人師表有很長一段時間，略懂得一些語言技巧上的進退策略。

過了一會兒他冷靜下來說：「噢，看你平時上課心不在焉，想不到居然這麼細心，連這麼不起眼的毛病都被你發現了，其他同學是怎麼回事？為什麼疏忽了這個錯誤呢？」

這位學生本來是以報復的心態向老師展開攻擊，不料竟得到一貫偏激的老師當眾讚揚，心裏刹那間一種自豪的滿足感溢滿胸懷，馬上又覺得這位老師其實也有可愛之處，並不是那種人見人嫌的人物。

這位老師在這故事中發揮他的語言長處，給這位企圖讓他難堪的學生戴了一頂高帽子，堵塞他急欲讓對方當眾出醜的嘴巴，最後又補充說：「像這種不起眼的小毛病，必須要仔細認真才不會發生，如果不加以改正，時間一久便容易犯下更大的錯誤，所以大家要記取今天這個教訓。」

這位老師所使用的說話術可謂高明之極，他接住別人射來的利箭，又反擲回去，並且絲毫不帶殺氣，以他的這番談話來看，只會讓人覺得他在讚揚某位發現小錯誤

的學生，而不是承認自己失誤，從而告戒學生謹慎勿犯，無形中將自己的失誤淡化了。這種使對方改變初衷的說話術，便是模糊主題策略的另一種表現方式。

通常，許多人受到指責後，會覺得自尊心受到傷害。如果是德高望重或高高在上之人，往往會利用暴躁的氣勢壓住對方。

如果這位老師沒有這種隨機應變的說話技巧，便無法從容應付，只能惱羞成怒地大加斥責，或者竭盡所能地欲蓋彌彰，這樣猶如火上加油，使對方的不滿情緒更加強烈，造成下不了台的局面。

如果被語言攻擊的人是長者或上司時，他們往往會無視於真正的問題，而將這件事轉化爲私人的尊嚴問題，甚至擴大到道德規範，如此一來，雙方極易形成對峙的局面，不利於今後雙方的再次溝通。所以，高明的語言大師或善知人性心理者面對此種局面時，一定會故意讓對方在語言邏輯上另轉他向，從而削減怒氣，遏止事態的擴張。同樣的技巧可以運用於商業交際中，如果你與對手在語言上陷入對立，這時不妨話鋒一轉：

「先生，最近我聽到許多消費者，對我們合作所製造的產品有強烈的不滿，如我們再不改進，會被通路封殺。」對方也許就馬上放棄與你的敵對立場，轉而共同探

討改進的方法。即使你所說的狀況實際上並不存在，也足以讓對方重視，在短時間內不再針對你。

例如甲乙雙方正在進行激烈的爭論，這時，乙方正準備從正面去駁斥甲方的觀點，突然間，甲方不但在態度上發生大逆轉，話題也轉向另一件與乙方有利害關係的事情，乙方便不好意思用強硬的措詞去反駁甲方了。

當你身爲一名推銷員，試圖在這一行業裏有所表現，同樣要掌握豐富的談話技巧。例如，你正對顧客介紹某樣商品，但對方卻說：

「這東西太貴了，另外幾種和它效果差不多的商品，卻便宜許多。」

此時你可點頭說道：「你說得很對。」

先聽取對方的意見，再運用語言的邏輯，轉移對方攻擊的力道。接著再對他說：「你的擔心不是沒有道理，但你要瞭解，我們的產品省油省電，又是高性能，在同類產品中，只有我們的售後服務方式是最先進可靠的。」

對方會因你開始贊同他的觀點而不再排斥你，聽了你的介紹後，他會認真地和其他商品作一番比較，即使不買你的商品，也會對你留下深刻的印象。

朋友之間，同僚之間，如果必須運用這種說話技巧，你得好好考慮如何更合理地

SECTION-1

看故事學［攻心］說話策略

運用。

例如，你有一位孤僻的同事，從來不肯與人合作，也不願和人交往，始終對人懷有敵意，而你因為某件事又不得不請他幫忙，不妨對他說：「如果你幫忙辦成此事，上司會對我們另眼相看，這對我們都有好處。如果我一個人去完成，肯定沒有你幫忙來得順利，萬一做不好，上司還會因此而怪罪我們。」

那位同事聽了這番懇切的言詞後，就會在權衡利害得失後與你合作。運用語言的邏輯使對方改變初衷，從而達到自己的目的，這種策略是大家經常使用的，攻心說話術這種技巧，就是要你抓住雙方〔共同〕的心理弱點，使對方判斷失誤，這樣就可以俘虜對方的心理動向，使事情朝著你預設的方向發展。

SECTION-2

令人拍案叫絕的名人名言

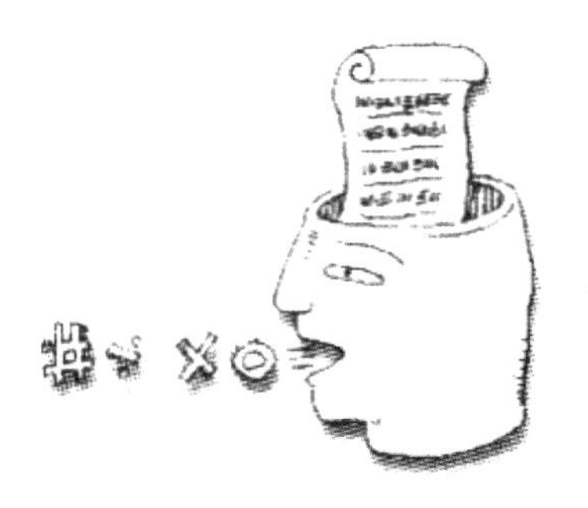

【062】我的思考不值一美元〔蕭伯納〕

有一次，在巴黎名流人士聚集的沙龍上，蕭伯納在那裏沈思，一名美國的億萬富翁說：

「先生，如果你告訴我你在想什麼?我就付你一美元。」

蕭伯納看了他一眼說：「我思考的內容不值一美元。」

億萬富翁怔了一下，摸不清這句話是什麼意思。

接著蕭伯納話鋒一轉，說：「因爲我腦中思考的是你。」

【063】小姐到底幾歲?〔蕭伯納〕

蕭伯納在一次宴會中，遇到一位打扮妖艷的中年婦人靠過來問他：

「蕭先生，你看我今年有多大年紀?」

歲。」

蕭仔細看了她一眼說：「看妳的頭髮只有十九歲，看妳的皮膚，不會超過二十

那婦人聽了高興得手舞足蹈，於是又問他：

「那麼你看我到底有幾歲呢？」

他說：「反正加起來，不會超過四十歲吧！」

【064】贈票〔蕭伯納〕vs.〔邱吉爾〕

三〇年代時，蕭伯納的名著《茶花女》準備在巴黎大劇院上演，這時他派人送兩張戲票給當時的首相邱吉爾，並寫了一封短箋派人交給邱吉爾，上面寫著：

「親愛的溫斯頓爵士，奉上戲票兩張，如果閣下還可以找到一個朋友的話，不妨一起來看演出。」

邱吉爾是英國歷史上的一代名相，又是第二次世界大戰時期的三巨頭之一，本身具有相當的文學天賦和演講口才，因此他自然明白大作家的嘲諷之意，於是便回信：

SECTION-2

令人拍案叫絕的名人名言

「親愛的蕭伯納先生，十分感謝你所贈的戲票，因有約在先，無法前往觀賞。不過，如果你的戲能上演第二次的話，我一定和朋友前去捧場。」

【065】世界上鬧饑荒的原因〔蕭伯納〕

某一天，一名大腹便便的富人對蕭伯納說：

「先生，我一看到你，便知道目前世界上正在鬧饑荒。」

蕭伯納馬上反唇相譏說：

「先生，我一看到你，便知道目前世界上鬧饑荒的原因。」

【066】攻打美國不能超過三千人〔華盛頓〕

美國總統華盛頓在一次制憲會議上和眾多國會代表，討論國軍部隊的條文時，一位國會代表提出，在憲法裡要規定一條：

「國家的常規部隊，任何時候都不得超過五千人的編制。」

華盛頓聽了後，露出微笑地說：「很好，這位先生的建議的確很好。但我認爲還要加上一條，那就是，今後侵略美國的外國軍隊，任何時候都不得超過三千人。」

【067】寧可喝下毒咖啡〔邱吉爾〕

英國首相邱吉爾是一位非常風趣幽默的政治家。

有一次，美國議會裡一位對邱吉爾不友善的女議員，在會議休息時，竟然對邱吉爾說：

「如果你是我丈夫的話，我會在咖啡裡放毒藥。」

邱吉爾聽了，不假思索就回答：

「如果妳是我妻子的話，我會喝掉這杯咖啡。」

【068】財政部長在殯儀館〔威爾遜〕

美國總統威爾遜在擔任紐澤西州的州長時，他的一個好朋友，也就是紐澤西州的財政部長去世了。

當威爾遜還沈浸在悲痛的情緒，正準備去參加葬禮時，忽然電話鈴響了，原來是一位政界人士打來的。

「州長，」那人急切地說，「請讓我接替財政部長的位置。」

威爾遜對此人迫不及待的索討官位，完全不顧死者的尊嚴，感到極爲不舒服，但他強壓住心中的怒火，平靜地說：

「好吧！財政部長目前在殯儀館，我會通知殯儀館的，你趕快做好準備。」

【069】從不計劃三十年後的事〔愛迪生〕

著名發明家愛迪生在他五十五歲生日時，參加一個各界爲他慶祝的生日宴會。

在宴會中，有記者問：「你的未來計劃如何？」

愛迪生說：「從現在起到七十五歲，我將專心工作。七十五歲起，我打算玩橋牌。八十歲我將和女人聊八卦，八十四歲我想每天打高爾夫球。」

那人又問：「九十歲呢？」愛迪生聳聳肩說：「我從來不計劃三十年以後的事情。」

【070】我的職業就是說謊〔狄更斯〕

有一次，英國作家狄更斯跑到河邊偷偷釣魚，突然，一個陌生人走到他面前問：「怎麼？你在釣魚？」

狄更斯不加思索地說：「是啊！今天真倒楣，釣了半天，一條也沒有釣到；而昨天也是在這個地方，卻釣到了十五條大魚哩！」

陌生人說：「是嗎？你昨天釣得很多啊！」接著他又說：「你知道我是誰嗎？我是這河川專門抓偷釣魚的，很抱歉！這河川禁止釣魚！」說著這陌生人拿出本子，準備要給狄更斯開立罰款單。

狄更斯看到這種情景，連忙反問：「那麼，你知道我是誰嗎？」

當陌生人被這一反問搞得莫名其妙時，狄更斯對他說：

「我是作家狄更斯，你不能罰我，因爲虛構故事就是我的職業。」

陌生人沒有辦法，只好讓狄更斯離去。

【071】考一道難題〔林肯〕

林肯在學校讀書的時候就已經顯示出了超人的才智。

當時，就有一個老師千方百計地想難倒林肯。

一天上課時，他問：「林肯，你是要考一道難題呢？還是考兩道容易的題目？」

不出所料，林肯答道：「考一道難題吧！」

「好吧，那麼你回答，蛋是怎麼來的？」

「母雞生的。」林肯答道。

「那麼，雞又是從哪裡來的呢？」

「老師」，林肯說，「這已經是第二個問題了。」

【072】沙地上的簽名〔海明威〕

海明威雖然創作嚴謹，但生活中卻頗具幽默感。

海明威遷居古巴哈瓦那之後，一位紐約富商慕名前去拜訪，堅持要海明威在他的日記簿上簽名留念。

海明威曉得這個來訪者是靠房地產買賣而發財的。當時，他們正在沙灘上閒聊，他立刻用手杖在沙地上簽了一個名，說：

「請你收下這個簽名，順便也連地皮一起帶回紐約去。」

【073】活下去的理由〔海明威〕

有一次，海明威在哈瓦那的一個宴會上，遇到一個沒有才華又自視甚高的作家，一直要跟他說話，海明威曾幾次想藉故脫身，但那位作家仍糾纏不休。

最後，海明威直接問對方到底要怎麼樣？

那位作家便爽快地向海明威表示了他的願望，他說：

「海明威先生，我早就下決心要爲你寫一本傳記，希望你死了以後，我能獲得爲你寫傳的殊榮。」

海明威聽了，不客氣地回答：

「我就是知道你想爲我寫傳記，所以我才千方百計，想盡辦法也要活下去！」

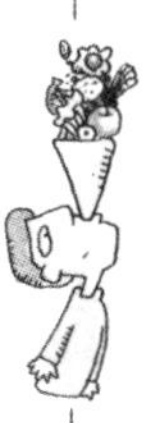

【074】不要和我比天賦〔莫札特〕

有一位年輕的音樂家興致勃勃地找到奧地利作曲家莫札特，並請教他：

「莫札特先生，我很想寫一首交響樂曲，您能告訴我怎樣開始嗎？」

這位知名的音樂家聽了後，沈吟了一會兒，說：

「你年紀還輕，應該先多寫些小曲子呀！」

「不！我知道先生您也是在很年輕的時候，就已經寫出了非常有名的交響樂作品，那時您才十歲啊！」

「沒錯！不過，我在十歲寫交響樂時，並沒有去請教別人呀！」

SECTION-2

令人拍案叫絕的名人名言

【075】有些人不是婊子養的〔馬克・吐溫〕

美國著名小說家馬克・吐溫在小說《鍍金時代》裡揭露了美國政府的腐敗和政客、資本家的卑鄙無恥。

小說引起了轟動，他在回答記者時，他脫口說了一句：「美國國會中，有些議員是婊子養的。」

此話一出，各報轉載，全國譁然。

美國國會議員暴怒起來，群起而圍攻馬克・吐溫，他們認爲這是人身攻擊，堅決要求馬克・吐溫公開道歉，否則將採取法律手段以毀謗罪提起告訴。

當時，馬克・吐溫的窘境令大家爲他擔心不已。

過了幾天，馬克・吐溫在《紐約時報》上刊登了致國會議員的「道歉啓事」：前幾天本人在回答記者問題時，說美國國會中有些議員，是婊子養的。事後有人向我興師問罪，我考慮再三，覺得此話甚不恰當，而且不符合事實，故特此登報

聲明，把我的話修改如下：

美國國會中，有些議員不是婊子養的。

這一段「道歉啓事」登出後，國會議員再也無話可說。

【076】慈悲的假眼〔馬克・吐溫〕

馬克・吐溫不僅是世界級的偉大文學家，同時還是個罵人不帶髒字的幽默大師。

在美國，有一位爲富不仁的百萬富翁左眼壞了，於是他裝了一隻假眼，這隻假眼製做得和真的一樣，就算仔細看也看不出那是一隻假眼。因此，富翁十分得意，經常在別人面前炫耀自己，讓別人猜哪隻是假的。

有一次，他遇見馬克・吐溫，便問他：「你猜猜看，我哪隻眼睛是假的？」

馬克・吐溫指著他的左眼笑著說：「這隻是假的。」

富翁非常驚訝地問：「你怎麼知道呢？根據什麼？」

馬克・吐溫笑著說：「因爲，我看你這隻假眼裡還有一點點的人性和慈悲。」

【077】美麗和名字無關

（馬克・吐溫）

馬克・吐溫在仲夏的一次晚會上，聽一位女歌星演唱。女歌星演唱完畢，他熱烈大聲鼓掌，連聲叫好，這時，他身旁的一位音樂家問他：

「先生，你知道這首歌的名字嗎？」

馬克・吐溫搖搖頭說：「不知道！」

藝術家進一步諷刺地問：「連這首歌的名字都不知道，你怎麼知道她唱得好呢？」

馬克・吐溫回答：「聽歌就好像我們看一位漂亮的女孩子，我們雖不知道她的名字，還是可以感覺到她是美麗漂亮的。」

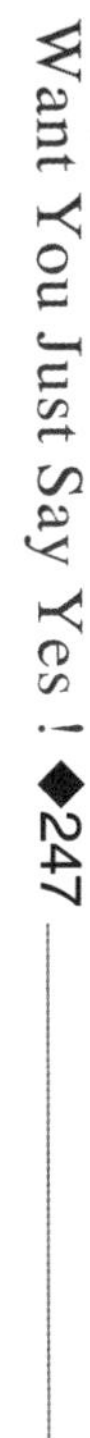

【078】法國人的父親不好找〔馬克．吐溫〕

有一次，馬克．吐溫去拜訪法國名人波蓋，在閒聊中波蓋取笑美國歷史淺短，譏諷地說：

「美國人閒來無事的時候，總喜歡想念他的祖宗，可是一想到他的祖父那一代，就再也無法繼續往上追溯了。」

馬克．吐溫也以詼諧的語氣說：

「是啊！不像法國人閒來無事的時候，總是盡力想找出他的父親究竟是誰。」

【079】我總是站著聽演講〔馬克・吐溫〕

馬克・吐溫在演說旅行的途中，來到了加州的一個美麗小鎮。晚飯前，他一個人到理髮店去剃鬍子，那位理髮師不認識他，好奇地問：

「你是剛到這個鎮上來的吧？」

馬克・吐溫說：「是的，我是第一次來這裡。」

理髮師又說：「你來得正好，馬克・吐溫今晚要在這裡演講，我想你一定也想去吧？」

「噢！我想我大概是會去的吧！」馬克・吐溫回答。

「買門票了嗎？如果你還沒有買，那你只有站著聽的份了，因爲座位票早已賣完了！」理髮師替他擔心地說。

馬克・吐溫笑著說：「天曉得！我從來沒這樣的好運氣，可以坐著聽，每次那傢伙演說，我總是得站著！」

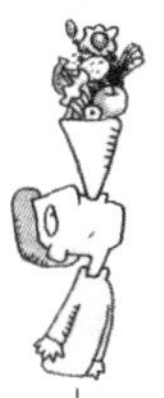

【080】進天堂的時候〔馬克・吐溫〕

有一次，馬克・吐溫對一位朋友說：

「進天堂本來是一種恩賜，如果以禮貌來講，當人們到了天堂門口的時候，應該把狗放在門外，自己走進去；但如果是以論罪行的話，那麼人們就應該留在門外，而讓你的狗走進天堂。」

【081】給客人一張床（馬克・吐溫）

馬克・吐溫有個癖好，就是喜歡在床上讀書、想事情。

有一天上午，一位新聞記者前來拜訪，他就讓太太把記者請到臥室來談，他太太堅決表示反對地說：

「難道你想躺在床上，而讓客人站著和你談話？這未免太不尊重客人了吧！」

他沈思了片刻說道：「也對！我倒沒有想到這一點，既然這樣，那你叫女傭來，要她再爲客人鋪一張床好了！」

SECTION-3
化解危機的三種實用說服術

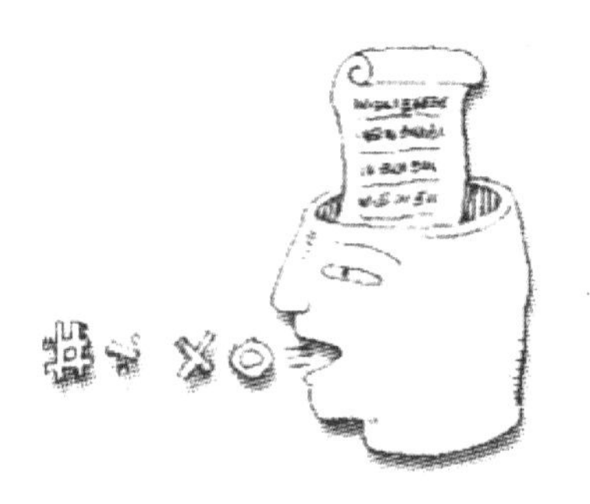

【082】〔以緩制急〕他愈急，你就要愈慢

大家都知道，打電話撥110或119時，肯定是發生重大事件，如兇殺案或發生火災。那些通話的警員和消防隊員通常都鎮靜得像什麼事也沒有發生一樣，仍然用平常的口吻和打電話的人交談，這是由於他們受過專業訓練，抗壓力比普通人強一些。

當我們慌慌張張地撥電話時，多數人會因爲緊張或害怕而變得結結巴巴，說話沒有什麼條理。但是若對方以從容不迫的口氣詢問時，通報者自然會慢慢平靜下來。雖然一些打電話報案或通知火警地點的人，都不太滿意對方那種事不關己的口吻，但殊不知這是對方採取的一種語言策略。

因爲他們的冷靜必定會影響到通報者的情緒，使對方能夠順利表達。如果不這樣，又會有什麼後果呢？

假如消防隊員說：「什麼！失火了！在哪裡？那糟了，還在燃燒嗎？好的好的，我馬上報告！電話號碼！喔！不不，把地點告訴我！」

如果以這樣的口氣通話，通報者往往會急得連地點都說不清楚，自然會耽誤很多

時間，造成更大的損失。

日常生活中，也經常發生這樣的事情，若對方激烈地提出抗議時，最要緊的是設法先使對方緊張的情緒和緩下來。

由於對方已經喪失理智，即使你所說道理如何正確，對方也聽不進去。這時，就要設置一個〔甕〕，請對方進去。

那些相聲演員上台表演時，態度都從容不迫。他們首先慢條斯理地走上台。然後向四周看一看，最後才從容不迫地開口。這段被他們〔浪費〕的時間相當長，但由於大家迫不及待地想看他們表演，自然就原諒了他們。

如此一來，聽眾對他們所說的每一句話都會專注聆聽。

因此，碰上情緒激動的人，先不要反對他的意見，順勢爲他們點支香煙，或倒杯茶，裝出從容不迫的樣子。

這樣，即使對方是滿懷怒氣而來，也會暫時放下心頭之火。常言道：「伸手不打笑臉的人」，一來你的態度使他不好意思發作；二來你的步調又與他不相配合，使他感到十分洩氣。於是他的情緒也就會逐漸冷靜下來。

這好比有人上門與你打架，如果你立刻跳出來，雙方肯定會大打出手。

SECTION-3

化解危機的三種實用說服術

相反地，若你給對方搬張凳子，或遞上一支煙，對方也就不再堅持敵對狀態。而且你是善盡主人之道，言語上又沒有低聲求饒，自然不算丟了顏面。無論從哪方面來看，都有必要採用這種技巧。

保險公司內專門處理車禍的部門，多半由一些口才不錯且善於把握人心的高手所組成。

當有人怒氣沖沖地找上門時，他們的動作總是慢吞吞地，連答話也是慢條斯理，有如幾天沒有吃飯的人一樣，這樣一來，激動的對方實際上已經被他們控制了情緒。當那些人的情緒不再激動時，語言才能顯出它的威力。如果你對一位想﹝剝了你的皮、抽了你的筋﹞的人大談特談，用盡機智，可能都無法達到預期效果。

因爲對方根本沈浸在自己的憤怒之中，哪裡有功夫來品味你的語言藝術呢？結果是對牛彈琴，白白浪費唇舌與心機。

如果能先使對方情緒平靜下來，你的說服就已經成功了一半。事實證明，平息對方的怒氣靠的是一個﹝慢﹞字，在這個基礎上發揮你的語言優勢，藉助對方的某個觀點，使對方陷入兩難的境地，你就勝利在望了。

【083】〔逆向操作〕如何勸想自殺的人？

我們時常會遇到這樣的事：有些親朋好友或鄰居找上門來向你訴苦，所說的都是柴米油鹽等家庭瑣事。有的夫妻吵架，一時間想不開，也會找上門來訴苦，嘴裏說什麼〔沒意思〕、〔我不想活了〕、〔我想和他離婚〕之類的氣話。

以前，有一位鄰居的太太來找我訴苦，說她先生極不像話，整天在外面亂來，對家庭也不太照顧，最後還信誓旦旦地表示要與先生離婚。

她本來很愛丈夫，丈夫也很愛她，他們是大家公認的幸福夫妻。最近，丈夫的公司出了點事，因此沒有像往常準時回家，她便四處向朋友鄰居訴苦，並放話說要與丈夫離婚。

我知道這是婦女們一貫的訴苦戲碼，所以不足爲奇，爲了節省時間不和她耗下去，我不僅沒有正面勸她，也沒有假惺惺地幫她譴責丈夫，反而裝出很慎重的樣子告訴她：

「這種沒有責任感的男人，趁早離婚也好，免得將來受苦。」

SECTION-3
化解危機的三種實用說服術

我知道這樣的說話方法會得到怎樣的效果，果然，她聽完我的話愣住了，她本來以為我會像大家一樣同情她的處境而勸她冷靜、要理解丈夫的困境，沒有想到我會直接勸她和丈夫離婚，所以她沒有再說什麼，坐了一會兒便走了。

從此以後，她像變了個人似的，能夠站在別人的立場上體諒人。當然，她們夫妻之間的感情也越來越好。

如果某人站在海邊或樓頂上一心尋死，旁人只會說「別做傻事」、「有什麼想不開的呢？」等傳統老套的勸解，只會使他更加悲觀失望，無法消除他自盡的念頭。

相反地，如果你說：「如果你真想跳的話，那就跳吧！」他必定會開始恐懼，想不到他的生命竟然那麼沒有價值，連旁人都見死不救，甚至鼓動他去自盡，這就違背了他原先的期待。說不定他會想：「既然你想看我笑話，我就偏不跳，讓你的計謀不能得逞。」

這招請君入甕策略的〔甕〕既可以是對方的語言，也可以是對方的思想或行為。某些不被允許的期待，一旦你出乎意料地用他的手法去反擊或說服，就會使他改變初衷。

有些盡職的老師對學生的嚴格程度，有時會超出家人和學生本人的想像。如果某

學生經常被老師責罵，他一定非常怨恨老師，甚至想給老師一些顏色瞧瞧。

如果你身為父親，該如何使孩子放棄這種念頭呢？

學生的心情是可以理解的，他們一直是家庭的寵兒，何時受過別人的斥責呢？加上他們的社會閱歷有限，人生觀尚未完全成形，無法理智面對某些社會現象，所以有這種愚昧的念頭也不足為奇。重要的是旁人該如何去勸阻他。

正面的說理只會使他的怨恨加深，並且產生叛逆的不平想法。如果你反其道而行，順從他的意思去說服他，一定會有良好的效果。

你可以這樣對兒子說：「既然那位老師如此可惡，不妨就給他一點顏色瞧瞧。但是，你要做就一個人去做，也不要對警察說你是我的兒子。不然，他們會抓我去坐牢。」

你這麼一說，兒子一定會馬上打消報復的念頭。

有時候，按常規存在的事物最容易被大家忽略，但當事情突然改變或消失時，人們又會將注意力集中其上。

【084】有來有往，把〔難題球〕丟給對方

很多時候，說話就像打球，人家發了一記強勁球過來，你不打回去就算輸了，打得不好出界了，也是輸；或者雖然把球打回去了，但落點卻是對方所想要的最佳攻擊點，也等於把自己的頭摘給對方，終究要吃敗仗。

在商場或談判時，這種一來一往的〔對打〕時常可見，但處理得好，打得漂亮的，並不多見。

我在擔任某大企業的顧問時，就曾遇見這樣的一個案例。

我擔任顧問的公司，是我一位好朋友辛苦創立的電子零件公司，公司規模不小，員工三百多人，營業額當然也不低，可以預見的，商場的鬥爭也很厲害。

有一天，這位好朋友請我去，說要請教我如何回應一個〔難題球〕或一個〔球〕。在談判或公關場合中，對方拋出一個難題，就等於是發球，專業術語叫〔問題球〕，我方必須即時把〔球〕打回去，否則就等於認輸。

事情是這樣的，我朋友的公司爲了生產一組電腦週邊零件，向上游微型零件商

訂做一批電子面板，由於當初雙方簽約談定線路面版的版材，由我朋友的公司負責採購提供，對方只負責組裝和測試；然而，就在對方依約準備交這批電子面板時，竟然先請他們的主管來反應，說我朋友公司所提供的版材有問題，但是先前合約明定交貨日期不能拖延，爲了如期交貨，害得他們花了二倍人力去修改和去除面版上的瑕疵，因此他們要求多一倍的貨款，否則無法交貨。

我朋友一聽到這個消息，立刻請採購部門去問提供面版版材的廠商，是否有這種瑕疵的狀況。廠商的回報是，當初出貨有專人驗收，如有問題早就應該提出，且他們製作版材有十幾年經驗，按理不會有問題。

這個時候，我朋友才意識到，這家上游零件商故意丟出了一個〔難題球〕，爲的是多一倍的利潤。

然而，這個難題球的難處，就在於當初面版版材是直接由供應商送到上游零件商，有無驗收問題我朋友這邊根本沒記錄，一時之間根本無從查證；再者，他也急著要這批電子面板來組裝，否則無法如期交貨給客戶，損失非常慘重。

到底這個球要怎樣接?怎麼打回去?如果處理不好，很可能會兩頭損失，一來要賠客戶的錢，二來仍然要付上游零件商的貨款，因爲合約都簽了，根本不能賴；

SECTION-3
化解危機的三種實用說服術

且合約中無法明定這些加工上責任歸屬的小細節，這家上游廠商的趁火打劫，從法律上來說也不算違法。

我搞清楚整個來龍去脈後，想了許久實無良策，但心底深知，這球無論怎麼回都會輸。

由於對方限定一天內要回覆，而我朋友的公司也急著要這批貨，後來，我從對方的話中，一字一字去找線索，終於讓我找出了﹁攻入對方死穴﹂的回應策略。

當天，我就請朋友發了傳真過去，大意是：

貴公司所稱面版版材有瑕疵，而造成人力及費用上的損失，這筆費用按理一定要有人負責，然而，由於版材非本公司生產，本公司也是依約向第三者購買，如果是因爲版材的品質問題，造成　貴公司的損失，本公司除了建議　貴公司向版材供應商索取上述該費用外，也將代爲向版材供應商提出正式抗議，並協助　貴公司在法律行動上之舉證，以盡商業道義上之責；同時，請　貴公司依約將本公司下訂之電子面版，在期限內交貨，否則本公司也將依約訴諸法律行動。

這張函傳過去之後，對方不到一天，立刻同意交貨，並表示版材供應商無法查證品質問題，爲了避免不必要的訴訟，也不再追究版材品質問題。

就這樣，這個難題總算解決了。而我所用的策略很簡單，就是把面版版材有問題的舉證及賠償問題，全部再丟回去給那家上游零件商，要他自己去舉證及要求賠償，也就是把〔難題球〕丟回去給對方。

這麼一來，對方也知道根本無法舉證版材供應商的版材有問題，更不用談要求賠償；再者，因為先前有合約明定交貨日期，如他不交貨給我朋友的公司，同樣也要付違約金，因此想來想去摸摸鼻子就算了。

事實上，到底那家上游零件商有沒有多一倍人力去修面版，沒有人知道；但站在我朋友公司的立場，根本沒有必要去探究到底有沒有這回事，他唯一要做的，就是把責任釐清，把球再丟出去給對方，甚至給第三者就可以了。

從某個角度來說，上述案例也可以說我方根本沒有把〔球〕打回去，而是不承認對方的〔發球權〕，接著，化被動為主動，自己重新〔發球〕給對方，讓對方招架不住。

最好的防守，就是攻擊。

〔攻心說話〕戰術也是如此，把對方的發球權拿回來，由我們發球，讓對方滿場跑為了接球，搞得滿身大汗，這樣的戰術才算成功，也才有意義可言。

下次有人發球給你時，如果有辦法，你可以根本不接，然後指出他違規的地方，讓他的發球不算，這也是一種回應，不一定是人家發球，我們就要乖乖地接。

因為，在兵法來講，主動攻擊的為「主」，被動的是「客」，就像下棋一樣，先下的人永遠可以選擇先攻哪裡，後下的人總是要一直跟在對方後面防守，「主」可以很輕鬆，「客」反而累得半死。

談判和說話也是如此，能掌握主導權，其實就勝了一半，千萬不要傻傻地只等著接球回球，懂得化被動為主動，才是真正的「攻心」高手。

【085】「投其所好」——先和對方站在同一邊

一千五百年前的唐朝圍棋名手曾創立「**圍棋十訣**」，其中有一訣是「勢孤取和」，意思就是當自己力量不夠，勢弱無力和對方抗衡時，最好先和對方和解或先順對方的意，不要正面和對方起衝突，寧可屈身等待時機。

說話或談判時也是如此，如果對方的勢力比你強，或者情勢上不允許你強出頭，

當對方非常堅持自己的立場時，你最好不要正面反駁，這時，你該意識到，對方是一面牆，是一把劍，你如再正面衝過去，難免有皮肉之傷，甚至造成不可收拾的後果，就是對方拒絕和你再溝通或者彼此形成敵對的狀態。

這個時候，你可以運用〔投其所好〕的策略，先不去否定或反對他的主張，先和他站在同一邊，然後再根據他的看法，加上你的建議，這麼一來，對方會把劍收回去，把牆挪開。

例如：當對方這樣說：

「雖然我們公司很想買升級電腦，但最重要的是費用上的考量。」

你就可以回答：「我瞭解貴公司有費用上的考量，所以我才會提這樣的建議，讓貴公司使用升級電腦，不僅處理速度快，又可以搭配更多應用軟體，讓人事費用和其他業務成本可以大大的降低，長期來說，貴公司反而可以省下更多經費。」

結果對方一聽到可以省更多費用，很可能立刻答應簽約。

這是一個很典型的案例。這個策略主要是讓對方出乎意料、意想不到：我們竟然會同意他的看法，而且居然和他站在同一邊。如此一來，對方就很難拒絕和你合作，這是很常用的心理戰術之一。

同樣的攻心策略，也可以運用在公司內部；每個公司多少都會有比較頑固或激進的員工，這時，身爲上司的你就可以對下屬說：

「你的意見我非常贊成，我也願意支持你去做，但是，只要有任何差錯，我這個支持者也會失去舞台，甚至要扛下責任，到時候，恐怕沒人敢再支持你了。」

這時候，激進的下屬一想到會連累你，就會靜下心來反省自己；或者，對自己很有信心的下屬，在執行這件你支持他的任務時，會特別小心，以免失去你這個唯一的支持者。

【086】〔轉話題〕避免引爆對方的情緒炸彈

說服他人是一件比發射太空梭還麻煩的偉大工程。

在說服過程中，不但要抓對要點，用對策略，還要小心對方的情緒；畢竟，人是情緒的動物，情緒，也就代表非理性，面對非理性的回應，你必須懂得用心理學技巧來應對，而不能一直再用理性的策略。

如果你發現對方的情緒有點不穩時，或者答非所問或故意雞同鴨講，你可以暫時拋開主題，姑且提出另一個不同的話題，先緩和情勢，別讓對方的情緒野火愈燒愈旺，等火勢稍減，再找機會切入正題。

這時，在語意學和心理學的理論上，你可以多用一些中性比較不刺激性的轉介詞，來降低對方的敵意和情緒化反應。

例如：「話雖如此，果真如此，確實如此」等語詞。

舉個例子，當你在詢問屬下工作上的失誤時，你說；

「這個案子怎麼會變成這樣子?裡面建檔都錯的離譜，這到底是怎麼回事?」

對方卻說：

「哎呀!我昨天一整天被品管部的人，拼命打電話來問東問西，搞得我頭都昏了!業務部的人也說他們的加班時間太長⋯⋯。」

當你遇到這類雞同鴨講、答非所問的狀況時，最好不要先發脾氣，你應該知道對方正陷入情緒化的自責和不安中，這時你再怪他答非所問也是無濟於事，不如就改變原本的說話內容，暫時休戰不去逼對方，除了讓對方喘口氣休息，也讓自己冷靜想想後續的應對策略。

SECTION-3

化解危機的三種實用說服術

不過，以筆者個人經驗，和許多公關高手的經驗，如果你不去逼對方，甚至沈默以對，對方這個時候反而會覺得不好意思，過了一會兒，會主動要求和你對談你原先想談的主題。然而，和沈默比起來，轉移話題是比較不尷尬的策略，但是，轉移話題如過於勉強或不自然，也很有可能招致對方的反彈，所以，選擇適當的話題也很重要，最好是轉移到比較輕鬆的話題，讓現場氣氛和對方的情緒放鬆，才有可能繼續對談下去。在許多談判和公關高手的心中，最怕的其實是隱藏在對手心中不爲人知的情緒炸彈。

有很多案例顯示，許多場合眼見談判就要成功，對方就要屈服或簽約，忽然間對方情緒崩潰或爆發，結果反而造成兩敗俱傷或永遠決裂的下場。

而這些看不見的炸彈，是談判和公關高手無法預知的，即使你非常注意對方的言行，也絲毫看不出對方的情緒有問題。

因此，情緒是談判和說服中的不定時炸彈，如果對方有任何舉動或表情或言詞，已出現異狀，就要先停下來，不要再步步逼近，先處理他們的情緒，你才會有勝算。

【087】〔證據法則〕善用實例和見證人

當你的說服策略一再失敗，對方不願接受你的提議時，這表示對方根本不相信你所說的話。這時候，你不妨拿出證據或舉出實例或數字，才有機會力挽狂瀾，反敗為勝。舉例來說，當一個業務員一直被客戶拒絕時，就會以實例舉證的方法來說服對方。

「的確，我在剛開始時和大多數的人一樣，也都是半信半疑的，但實際使用後，大家都非常的滿意，就像某某先生，他是在公家機關上班，你可以打電話去問他，他的電話號碼是……」

像這樣舉出身邊的實例，實際活用第三者的經驗來做證明給對方正面的印象，就可以降低對方的不信任感。

因此，儘量舉出和對方有相同屬性環境和立場的第三者，如對方的同業、同事、熟朋友或名人，這些和對方立場相同的人，只要能轉述這些人的經驗談，就能打動對方的心。

SECTION-3
化解危機的三種實用說服術

相對的，你舉出和對方屬性不同或沒有關係的實例，根本沒有效果，反而會讓對方覺得你的說法很牽強。

這招也是目前很多詐騙集團常用的策略，他們列出一些律師或會計師的見證，誤導你去判斷，這些文件和事件應該是真的，因此你就上了當。

不僅如此，很多小吃店也常掛出某某名人的簽名或名人和店家老闆的合照等證據，讓人不假思索地就信任這家店的品質和信譽；社會上不少神棍或宗教詐騙人士，也常用這招，拿出一堆雜誌訪問或政界名人來訪合照的證據，很奇妙的是，只要是人都會吃這套。

由此可知，這個策略對人性人心來講，是確實有效的；如果你遇上對方或客戶有對你不信任的危機，不妨用這個策略來改變他的看法，讓自己轉敗爲勝。

SECTION-4

說服難纏人士的實戰法則

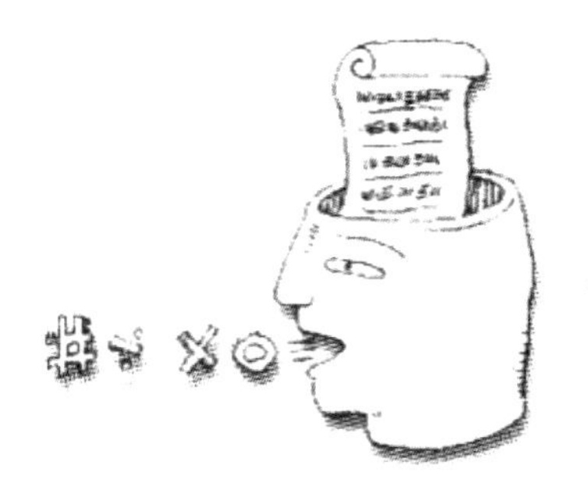

【088】借別人的話來捧對手

假設你正打算要說服一位頑固的上司，一旦你說盡好話，似乎馬屁拍得不是很高段，這時不如借別人或名人的話，來捧他讓他先放下防衛心。

例如午休時，當你正和同事們在辦公室裏聊天，這時上司剛巧經過。這就是個非常好的機會，你可以說：「經理，前些日子我們代理商的經理稱讚你說，貴公司的王經理眼光真好，似乎相當信賴您。」

等他露出微笑或態度軟化，再切入正題的說：

「其實關於機場投標這個案子，我們大家都覺得應該要做下去，您應該也會贊成吧！」這時，同事們的眼光都會集中在王經理身上，營造一種「大家和我有著同樣的想法」的氣氛；這樣一來，他會不假思索地答應你的提議。

【089】用瞬間的沈默，讓對方不安

當雙方談判進行不順利或陷入僵局時，你不妨試著保持一下沈默，讓心情沈澱，也讓自己的腦袋歸零，重新擬定戰略，這個方法，通常都能讓僵局出現轉機。

這個技巧實際上是引用自美國聯邦調查局，盤問犯人時所用的心理學技巧。你想想，本來你是一直很激動說話的人，忽然沈默了下來，必會讓對方有摸不到頭緒的不安。

總之，就是要以瞬間莫名的沈默，引起對方的不安，等到對方不安到達最高點時，也就是心防最容易崩潰的時候，再繼續討論下去。

雖然這個技巧並不是適用於任何時候和任何人，但是特別是對於那些表現出一副毫不關心的對手，或者是對方注意力不集中時，確實是一種有效的心理技巧。

事實上，那些很有演講經驗的演講高手，在演講時也常使用這種手法。演講者站在講臺上什麼也沒講，盯著台下聽眾一會兒；台下的聽眾心裏想著；或許是要說什麼特別重要的事吧！這樣滿心期待著，不知不覺就會集中注意力在演講者身上。

SECTION-4

說服［難纏人士］的實戰法則

這時，大家開始感到些許的不安而四處張望著。台上的演講者覺得時機成熟，忽然開口說：「我忽然想起昨天一件有趣的事，我在過馬路的時候……」。忽然間解除了聽眾所有的不安，這時演講者不論說什麼，聽眾都會專心注意的聽著。

根據資深業務員的說法，這種〔瞬間沈默〕的策略，也經常讓他們做成大筆金額的交易。

懂得這種心理技巧的業務員，在不斷說服對方的同時，也必然知道保持適當的沈默，比起滔滔不絕的遊說，更讓人對你的說話內容有印象。我想這就是沈默反而能提高說服力的原因。

【090】讓對方二選一的〔選擇題策略〕

目前各大行銷顧問公司，都知道在第一線的業務或服務人員，在推廣產品時，絕不能問消費者要什麼？而是要問：

「A餐和B餐你想要哪一個呢？」

這種的二選一或三選一的方法，平均提高五到六成的銷售率。

以百貨公司爲例子來說，有顧客在賣場裏走來走去，選購西服，從外表看起來這位先生並不是那麼的想買，似乎只是到處閒逛，只是隨便問問價格而沒有強烈購買意願。

這時，經驗老道的銷售員會微笑著靠近，輕聲問：

「您的氣質蠻適合藍色系和綠色系的，您要找哪一種色系的」

「喔！真的嗎？那．．看看藍色系的好了！」

這樣的提供選擇題的問法，絕對比你問：

「您要怎樣的款式？」

「您的預算有多少？」來得有效果。

因爲，你要顧客講款式實在太抽象；你要顧客直接談預算，又太沒禮貌。

如果顧客接受了你的選擇題，接著，你就可以選出二、三套較符合顧客的西服給他看。

「這個款式，是現在最流行的樣式，保證物超所值，而且和你的氣質也很相稱。你喜歡哪一套呢？」

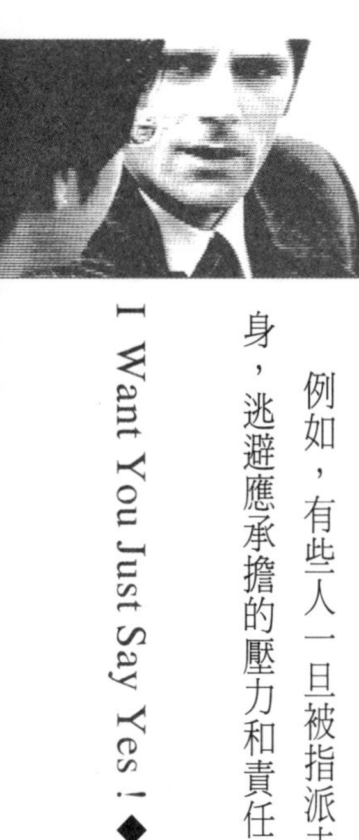

只要你一直用〔選擇題銷售法〕這招，通常顧客就不容易有退路了，絕不要用「你感覺如何？」的方式來問，這樣會使對方有推拖或脫身的藉口，因爲你這樣問，人家只能回答「嗯！不錯！」或「還好」。

原則上，只要懂得運用選擇題，在資深銷售員的攻勢下，顧客通常都會不假思索地完成交易。

你大概也有過原本並不打算要買什麼的，卻莫名其妙買了自己用不到東西的經驗吧！

爲什麼會這樣？原因就在於銷售員的說服攻勢，使用選擇題策略。

【091】〔化整為零〕反作用力最小

每個人都怕有壓力，事實上，壓力只是一種心理感覺罷了！

例如，有些人一旦被指派去負責有點困難的工作，便會退縮不前或是找藉口脫身，逃避應承擔的壓力和責任。

老實說，他們會有這樣的反應，和這些工作是否很難沒有絕對關係，也絕不是因爲他的能力不夠，而是他不想積極正面的去承擔這些壓力罷了！

對於像這樣的人，你就要用〔化整爲零〕的策略，先減輕他的心理負擔，再去說服才會有效。

銀行信用卡中心和百貨公司或購物中心，最喜歡用這種〔化整爲零〕的策略，來讓消費者產生負擔很輕鬆的錯覺，進一步說服消費者花錢買東西。

就好像你要對方一次付十萬元買名牌，沒有幾個人會花這個錢，但是，同樣的金額，如果你讓對方分十二期又是零利率，那麼再沒錢的人也會先買再說。

再打個比方，如果公司設定一個月的基本業績額爲六十萬元，悲觀的人便會認爲這根本不可能。

但是只要試著將金額分割開來，化整爲零，換算成一天的話就是二萬元，大部分人的心理壓力就沒那麼大。

人就是這樣，六十萬聽起來金額很大，心理的負擔也跟著加重，二萬的話，心裏的負擔也跟著減輕，點頭同意的機會就比較大。

【092】吹毛求疵的人，最容易說服

我認識不少經驗老到的推銷員，他們一致認為，那些對什麼事都有吹毛求疵，追根究底的人，其實是最容易被說服的；相反的，對於那些吊兒郎當，大而化之，什麼都不挑的人，反而相當棘手。

首先，對於什麼事都吹毛求疵的人，要專心當他的聽眾隨聲附和，探究他內心的真正想法。

然後，找出他對這件事或這個產品真正不滿的地方，接著先肯定他的想法，化解他的心防，再用開門見山的方法來說服他。

人就是這麼奇怪的動物，一旦自己的意見被他人全盤接受，心裏便會感到高興、滿足，到最後就變得並不是那麼堅持自己的主張，也較容易接受對方的意見。

不論是誰，受人敬佩、讓人尊敬，自然就會敞開心胸面對事物，於是，所有的不滿、不平、反感這些警戒心的情緒，也會漸漸變淡。

要說服這樣的人，當他在發表意見時，不要插嘴且專心注意聆聽，貫徹做一個好聽眾的責任，就會發現說服他們竟是如此容易。

總之，對於吹毛求疵的人，只有一個策略可以搞定他們，那就是你要把自己當成心理醫生或張老師，耐心聽他們倒完心裡的垃圾，你就可以把你想要說的塡進他們空虛的心裡面，就大功告成了。

【093】對事情愛理不理的人，要找出他的〔死穴〕

一樣米養百樣人，有些人天生神經質，對什麼事都吹毛求疵；有些人卻看得很開，什麼事都不緊張，愛理不理的。

你也曾遇到那種無論你說什麼，但他依舊是不開口說話，或是只是隨隨便便應付似的反應類型的人吧！

儘管你再怎麼表示你的誠意，對這種類型的人也是白費力氣而已。雖然對於這樣的人也有對應的方法，不過主要原因就是因爲，他們對於說服的內容毫不關心，絲毫引不起興趣。

對於這樣的人，也沒什麼特別的策略，只有正面攻擊、開門見山的方法最有效，但前提是要找出對方的罩門，也就是他真正所關心，或是他們內心真正需求的東西。

我認識的資深銷售員表示，對於大部分的客戶，只要能引起對方的興趣，可以說

就有近七成的成功率。

所以，讓對方感興趣是很重要的因素，要說服成功，就要爲對方提供更吸引他的消息或是他想知道的訊息。

舉例來說，你想約一個女孩去狄斯耐樂園，但她似乎不怎麼感興趣，那麼就換個方式，以下列的說法進行邀約。

「下次，我們一起去那個叫做新樂園的樂園玩吧？」

「嗯！每個樂園玩的都差不多……我沒什麼興趣。」

「可是，我去過的朋友說，那裏的遊戲讓他有種從來沒有過的驚心刺激；總之，就是非常的棒，讓他每天作夢還會笑。」

「是真嗎？真有那麼刺激？」

「是真的。是我那個很喜歡去遊樂園的朋友所作的保證，絕不會錯！」

「是喔！那……我們下次去看看。」

「而且，那裏聽說還有你最喜歡的XX商店，他們還會送XX贈品。」

「哇！太好了！不要下次了．．．馬上去吧！」

就這樣，短短幾句話，說服任務成功。

SECTION-4

說服［難纏人士］的實戰法則

【094】〔欲擒故縱〕，化解對方的心防

成功說服專家的第一守則，就是要先得到對方的信任；如果得不到對方的信任，連說服的第一句都無法開口。

尤其是類似證券業的業務員，對於牽扯到金錢的這種型態的工作，若是不能得對方的信任，便無法說服對方讓我代理他的股票買賣。

更何況是關係到有風險且龐大金額的產品，顧客的不安更會昇高。因此，人與人之間的信賴關係，是說服成功與否的第一要件。

「你說的話很好聽，但是我實在不敢去做。」

像這樣，對方有強烈不信任感的時候，就要先探查出對方心中所害怕的是什麼？而且要不經意不露痕跡地問出他們害怕的關鍵點。

因此，這個時候，絕不要馬上急著推銷自己公司裏的產品，或逼對方答應自己的要求，反而可以先提議對方去找別人或其他可靠的機構。

「大家交個朋友，如果您認爲很沒安全感的話，那就把錢存在安全可靠的銀行裏

才是明智之舉，不一定要來我們公司。」

本來，對方以為你會極力推銷自己公司的產品，而你卻提出把錢存在銀行的建議，他必然會開始信任你。

就因為這樣的期待落差，反而讓對方產生了信賴，也會覺得你是個好人，值得信任，或許之前他的想法是錯的。

因此，面對不信任你或特別疑神疑鬼的人，如果你懂得善用這個〔心理落差〕，先化掉彼此間的不信任，那麼所有的交涉、說服將會進行得更順利。

【095】愛猜忌的人，他的〔不安〕反而是你的成功關鍵

對任何事都很謹慎小心的人，或者是過去曾有被騙經驗的人，猜疑心必然都很重。所以，說服的另一方面：〔信用〕也很重要。

SECTION-4
說服［難纏人士］的實戰法則

切記，只要和這類型的人有所約定，而你卻無法遵守承諾，對方就絕對無法被你說服，就像是雙方已約定好的時間，可是你卻遲到了，這絕對是不被允許的。

因此，在實際談判或說服對方的場合時，你所說的內容都要句句屬實，具體說明，談到關鍵部分時，更要用正確精準的數字、具體的實例等來說服，才不會白做工，或事倍功半。

而且，千萬不要有太過誇大的表現，像是只是強調自己優點多好多好等等，其實，就連缺點也該完全的交代讓對方瞭解，如此對方才會覺得你很客觀，是值得信任的人。這時，噁心又肉麻的客套話還是不要說的好，你說的噁心話愈多，對方就會愈害怕。

其實，對方會有猜疑，也代表他想和你合作，但心中的不安讓他卻步。因此，必須有技巧性的探查出對方不安的原因。

然後，開門見山地告訴他：

「我知道你不安的原因是XXX，這一點的話請你不用擔心。」

如果這句安心丸讓他成功吞下的話，成功的機率也會大大的提高。

SECTION-5
說服各類女性的說服技巧

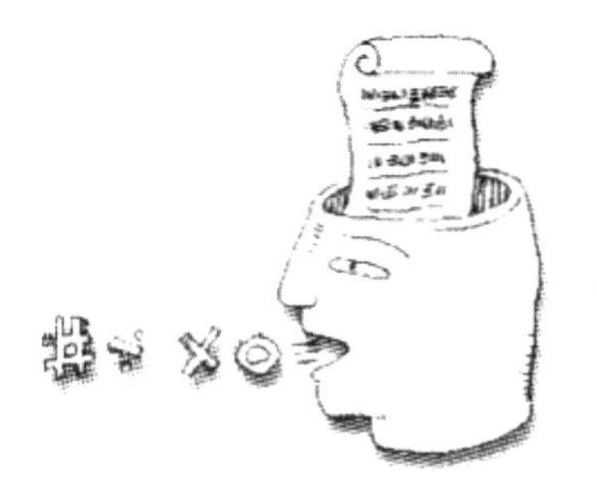

【096】不要讓她有〔男女不平等〕的感覺

女性上班的比率愈來愈高，從正職到打零工，活躍於各個工作崗位上的女性也日趨增多的現在，要說服女性的機會似乎也愈來愈多了。

但是，儘管再怎麼男女平等，男女在生理上和在精神上就有明顯的差異。

例如說，突然在你面前出現了一位男人，但他的動作很女性化又噴了滿身的香水，不管他到底是男是女，你都會先入爲主的認爲她是女性，壓根也不會把他當做男人，就算你知道他在身份證上是個男人，但是你潛意識裡仍會把他歸類爲女性，自然會看不起他，或是不想叫他做粗重的工作。

事實上，在談判或說服對方的時候，往往太過於拘泥對方是個女性，反而會讓對方產生敵意。

而且，身爲一位女性，是最討厭這樣被對待的。似乎女性真的是西蒙・波娃所說的〔第二性〕，是次於男性的生物。

例如，如果你發現某某客戶的負責人，竟然是一位身穿流行服裝的女性，就有

點不知所措，你的反應就會讓你失掉這個客戶。

其實，這種時候，應該要讚美對方穿的套裝真漂亮，而且還很有老闆的氣派，讓對方認爲你真是個尊重女性的人，而對你心存好感。

就在這瞬間，對方的情緒好轉，也會改變對你的態度。

不管是男性也好，女性也好，只要是有生意往來的客戶，這種不分男女的態度，是十分重要的。

總之，就是要以男女對等的態度來對待，，才不會誤了大事。

【097】面對自卑的女性，你要怎麼說？

自卑感重的女性，像一灘水，沒有主見，沒有自己的原則，這時，你需要說服她，就像給她一個杯子或容器，讓她自己定型，產生自信和原則。

心理學家說，自卑是一種自我保護的心理機制，就像我們遇到強大的對手，會俯首稱臣一樣，且在心理上會產生我不如對方，我的力量較小的，這類負面自我否

SECTION-5
說服［各類女性］的心理技巧

定的想法。

這種負面想法，就是自卑感。女性在生理上來講，普遍比男性弱勢，不少女性心理都有自卑感。

如果你託付較困難的工作給這類女員工，她們大多數都會有﹝我沒辦法完成﹞、﹝好像很難﹞的想法，而牽托連連或逃之夭夭。

事實上，這並不是她們認爲自己沒有能力，而是沒有自信，或完全沒有幹勁想去挑戰高難度的任務，只想到萬一失敗怎麼辦，這類的顧慮。

對於這樣的女性，首先要先以﹝只有妳才能完成它﹞、﹝雖然很難，但是試著去做做看，你會意外發現你自己竟是如此能幹，要是有不懂的地方，也不必顧慮的儘量來問我﹞來鼓勵她們，從﹝只要去做就可以做得到﹞的角度，給予她們向前進的推動力。

再者，像是﹝關於XX這一點注意到的話就沒問題，一定能成功﹞類似這種說法，不經意的點出具體的地方，使其能夠淸楚瞭解。

重要的是，我們必須自己在心態上，就做好心理建設，打從心底信任她們，如此先催眠自己，才有可能催眠她們，讓她們發揮出潛能。

【098】面對強勢的女性，你要怎麼說？

太強勢太自傲的女性，就像一隻刺蝟，要對付這種女性，有一個永遠不變的法則，那就是**先讓她的刺收回去，再用她自己的刺去刺自己**。

不少女性擁有自信、傲慢、堅持己見的個性，有時甚至還有輕視別人的態度出現，平常同性的朋友，也對這樣的人敬而遠之；而如果這類態度強勢的女性，是你的重要客戶或聯絡人，你可就得很費心的應付。

這種類型的人，自尊心很強，且有很深的優越感；但是，在另一方面，也很擔心自己的地位會被奪走；或者，即使被授與很高的地位，也會因沒有自信而陷入窘境之中。

由於她們的自尊與恐懼，要比一般人多，因此，對於這樣的人，千萬不要以強勢的態度，正面與她爭辯。

如果這類強勢女性，是你的員工，那麼，首先要清楚的交代雙方之間工作上的職務，提供完整的資料，反覆仔細說明，強調彼此絕對誠實無欺，更要表示尊重且

肯定她的工作能力。

如果你能做到這些，至少在平時不會和她有所衝突。

不過，依據我的多年經驗，這類強勢女性，平均每天和人吵架的次數很多，而且她們多半有著高音或高吭的嗓門，讓人要吵也吵不過她。

因此，平時和這類女性說話應對，要很小心用字選詞，由於她們自視甚高，也不喜歡別人懷疑她們，甚至不能批評，一旦批評，就如踩到了地雷一般，頓時轟然巨響，沒有吵個幾小時，不會善了。

我就曾遇到一位女客戶，她自稱出身名門，血統高貴且受人愛慕，連說話都有很強的優越感，並經常評批他人沒有水準，而且她很看不起中下階層的人。想當然爾，這位高貴的女客戶，是不受人歡迎的。

不過，我們公司爲了和她合作，也不得不與她建立起友好關係；在一次會議中，我們公司的主管在看了高貴女客戶提出的企劃案後，脫口說了一句：

「這個案子，朝這方向去做沒問題嗎？」

忽然間，雷聲大作，每個人的耳朵幾乎聾了，那位女客戶從椅子上跳起來，破口大罵，說什麼我們不相信她的能力和眼光，還懷疑她的企劃，在她眼裡我們根本

不是她的對手，她以前曾做過多少大案子，每件案子都是滿分，沒有人不對她稱讚，今天我們如此質疑她，根本是沒誠意，也看不起她，還說我們根本都是沒有水準的人。就這樣，她一個人罵了十幾分鐘，我們公司那位發言的主管，也被激得大動肝火，和她對罵起來，但音量根本不是她的對手。

最後，當然是不歡而散，而且搞得大家都灰頭土臉。

事實上，我們那位主管問的，也是一般會議上常說的語句，根本沒有半點質疑的意思，更沒有污辱她的用意。但態度會強勢且嘴巴不饒人的女人，在心理上本來就有過人的優越感和不安，進而導致被害妄想症，認爲每個人只要提出問號，就是在質疑她的能力，或指責她做錯了。

後來，我們公司老闆知道這事件，也覺得這瘋女人根本無法溝通，於是就想解約，但不知派誰去處理，後來還是我出面。

基本上，對付這類強勢且自尊極高的女性，不是什麼大問題，但要長久合作則是個大問題。

如果只是一時間的安撫或說服，這種直線思考型的強勢女性，是很好應付的，因爲只要運用〔投其所好〕和〔借力使力〕兩帖策略即可見效；但如果長期合作，

則無法每次見面開會都用這兩招，最關鍵的原因，在於她會得寸進尺。

因此，大家開會商量後，深知和這位高貴客戶合作，就算商機極大，但無法溝通，終究合作案還是會破裂，不如就此打住，把資金移到另一個案子。

但問題是，要如何說服她解約？

很簡單，後來我帶了幾個助理，先向她賠罪，運用﹝投其所好﹞，送她一些高貴的禮物，讚美她的氣質和氣度過人，尤其是名門世家的度量，像宰相般能撐船，應該不會和我們這種小公司計較。

這個策略很管用，她聽了高興得要命。

接著，我再用﹝借力使力﹞，也就是借她的力，來使她自己要求和我們解約；我先分析她的財力和企劃，如找我們這種小公司，是我們的榮幸，但我們實在沒有多大的利潤，為了日後大家合作愉快，我們公司想請她在合作案中，把我們應得的利潤提高百分之五，我們公司才願意繼續談下去。

她聽了本來要發飆，但我立刻說：

「您先不要生氣，也不需要生氣，畢竟您是名門世家，而且眼光遠有度量，不要和這小公司計較，今天我來，除了代表公司，也想和您做個朋友，以我個人立場，

我覺得這個案子對雙方都不利，因爲風險太高，導致利潤太少。」

這席話說完，她覺得有道理，也說她是名門世家，不會和市井小民一般見識，但接著又罵了一頓我們公司，然後說要求解約，要我回去公司報告這個決定。由於是她主動要求解約，因此我們公司就不用付解約金，就這樣，我們就成功甩開了這位高貴又強勢的女性。

總之，一個最高原則，遇到強勢的女性，你就用軟的，她多強勢，你就多軟，如此兩方就不會硬碰硬，衝突也不會發生，但切記只能用一次，每次都用軟的，她會軟土深掘，得寸進尺，甚至吃了你也不覺得愧疚，這時你再用硬的，也來不及了。

【099】面對善於交際的女性，你要怎麼說？

所謂的善於交際，就是見人說人話，對於周遭的氣氛非常容易於進入狀況，容易與他人搭起話來。

像這樣的女性，工作的態度相當積極，也相當依賴工作。所以，就連無理的要

求，也會以撒嬌的方式去達成任務。

這是一個優點，但也是個缺點。從心理學的角度來說，這類女性比較外向，相對的，工作時注意力比較不集中，而且比較沒耐心，她們喜歡容易做且不複雜的工作，最好工作時程也不要拖得太長，否則她們會錯誤連連。

此外，善於交際的女性，如果永遠用同一個招式去交際，久而久之會讓人厭煩，難以建立長久的關係。

因此，你應該可以觀察到，那些只需要建立短期關係的場所，如企業的公關部或招待所，或是適合人們社交的營業場所如各種服務業、新屋接待中心、酒店、酒吧等，都需要這類善於交際的女性，來招攬客人；不過，客人來消費的時間都屬於短期，因此，對於同樣的服務方式也不會覺得厭煩。

然而，對於那些重要客戶或是有長期合作的廠商，這類善於交際的女性，有時反而會讓人覺得沒有安全感。

此外，這類女性經常需要說一些社交辭令，但是其實內心卻相當空虛，由於無法完全說出自己心裏真正想說的話，因此在別人背後容易歇斯底里地情緒發作。

如果你要說服這樣的女性，像是那些在短時間即可處理完，又較沒有心理負擔

的工作，要用「很抱歉在您百忙之中打擾，由於十分的緊急所以想要拜託您」這樣的態度即可。

但是，若是需要花較長的時間，且專心去完成的工作，就要有耐心地說明工作內容。而且，必須一個一個確認之後，才能繼續下一個步驟。

最後，再鼓勵的說：「只要每天做一點的話，一定沒問題。」而且，每隔一段時間就要關心地詢問：

「工作進行得如何？不錯！真不簡單！」

如此一來，就可以減少她們出錯的機率，她們也比較不會反彈。

【100】面對妥協性強的女性，你要怎麼說？

雖然說現在的社會，有主見的女性逐漸增加，但是在商場上仍然還是有很多個性順從、不善於表達自己意見的女性。

這種類型的女性，對於被交代的工作會很仔細的處理完，但是對於自己範圍之

SECTION-5

說服［各類女性］的心理技巧

外的工作也不會想要做，而且，與上司、男性職員在交談時，也只是隨聲附和、默默的聽著。

雖說這樣的人只可以算是公司裏的花瓶角色，感覺上很聽話，但是如果要說服她們多接觸其他的工作，反而會比較困難。

因爲她們常常只是邊點頭邊說著「嗯！嗯！」，心裏真的瞭解嗎？其實她們並不真正瞭解話裏的意思，光只是聽聽而已，當然一點具體的想法也沒有。最重要的是，她們欠缺向前進或學習的原動力。

對於這種類型的女性，最好要將所交代的工作（或是話的內容）分成一小段一小段，且每次都要確認：

「這樣瞭解嗎？」這總比花了一段時間，全部說明完之後，她才拒絕來得好。

妥協性比較強的女性，優點是表面上不會反抗，缺點是你交代或拜託的任何事，她們都不會真正用心去做，樂在工作這類的體驗，她們是很難感受到的，畢竟，工作對她們來講，可能就是工作，爲的只是一份薪水和安定感。

瞭解了她們的心態，就可以掌握她們的弱點：薪水和安定感，來作爲說服她們的籌碼，這麼一來，她們心理有了壓力，配合度就會比較高。

但是，要切記，千萬不要用恐嚇的話，否則她們表面上順從，要是真的爆發起來，其恐怖程度要比平時強勢的女人還厲害。

你可以說，因爲公司政策這樣規定，你也是無可奈何，大家都是爲了一口飯，所以就多多幫忙，否則公司要換人你也沒辦法。

只要這樣地把她們逼到盡頭，沒有退路，通常她們還是會繼續妥協下去。

【101】面對很有主見的女性，你要怎麼說？

通常，一般的女性自主性並不強。

從一早開始，她們常常就爲了要穿什麼要吃什麼？要去哪裡而困惑著。

我們經常可以在街上看到一群群的女性到處徘徊的現象，這也是因爲她們欠缺自主性，不知道要做什麼的結果。

相反的，自主性強的女性，在工作方面往往是採取主動的方式，完全明白自己想要做的是什麼，想法、思慮也非常清楚，這樣的人可以說是很有決斷力。

SECTION-5

說服［各類女性］的心理技巧

雖然也許這樣的人個性倔強、固執，不過腦筋卻動得很快。所以，比起拐彎抹角的說明，不如像這樣說：這項工作，對我們公司來說是件很重要的工作，所以想要讓你來擔當此大任。

直截了當說出工作的意義、價值觀等，以正面方式說服她，不需太多心機，她們反而會聽得進去。

然而，這樣有主見的女性，唯一的缺點，還是﹝有主見﹞。

在辦公室中，我們應該可以經常聽到，那些有主見的女性，拍著桌子和主管或老闆大聲叫罵。

她們平時很有幹勁，問題是，當她們的槍口轉回來瞄準你時，她們仍然是一樣有幹勁，一點都不會手軟。

我有許多企業界的老闆朋友，他們都曾有被屬下出賣的經驗，而且大部分是女性屬下，尤其是幹部。

其中一個老闆是因爲指揮不動一位女主管，氣得叫她走路，誰知道她竟然挖走客戶，投靠敵營。

另一個老闆則是暗地裡被女祕書出賣而不自知，直到有一天，電腦工程師來修

電腦，才查到她的電腦裡有十幾份公司機密資料，而且是放在寄件備份中，顯然是寄出去給別人。還有很多老闆，受不了這些有主見的女員工在他們面前大呼小叫的，一氣之下也把他們開除了。

因此，要對付這些有主見的女性，絕對不能用硬的。

這個道理，就像心理學家的研究戀愛心理時提出的適用法則一樣，對於那些有主見或個性鮮明的女性，要對她們示愛時，絕不能太有主見或是態度強硬，一定要表現出自己軟弱可愛的一面，激起她們的母愛本能，一切都可以搞定。

同樣的心理策略，在和這類有主見的女性溝通時，語氣絕不要太權威或太強硬，不妨緩和一點，甚至有點恭維她們，然後以大局的利益關係，分析給她們聽，她們反抗的程度都會降低，而你有了面子，裡子也沒有失掉，何樂而不爲？

然而，總結來說，一家公司或機構中，需要順從體貼的女性，也需要這類有主見的女性，通常這類有主見的女性也多是可以衝鋒陷陣的將才，氣魄和能 力也不輸男人。只是，要懂得說服技巧，才能讓她們爲你和公司加分，否則下場就和我那些老闆朋友一樣，談到那有能力的女屬下，個個搖頭嘆氣。

廣 告 回 信
板橋郵局登記證
板橋廣字第698號
免 貼 郵 票

23150
新北市新店區中央五街42號

彙通文流社有限公司　收

電話／(02)2218-2708　傳真／(02)8667-6045
劃撥帳號／19650094　彙通文流社有限公司

請沿虛線剪下對折寄回

智言館——Wiseman Books

POWER005　讓人無法說NO的攻心說話術
I WANT YOU JUST SAY YES!

會員回函・入會申請函

■ 謝謝您購買本書，請詳細填寫本卡各欄，對折黏貼並寄回，即可成為會員，可享有購書一律九折價，並可不定期收到本出版社之最新資訊。

■ 欲知本書相關書評・參加線上讀書會・投稿
詳情請上網站 http://www.wretch.cc/blog/eye3eye

◆ **姓名：**＿＿＿＿＿＿＿＿＿＿　□男　□女　□單身　□已婚

◆ **生日：**＿＿＿年＿＿＿月＿＿＿日　□第一次入會　□已是會員

◆ **身分證字號**（會員編號）：＿＿＿＿＿＿＿＿＿＿＿＿＿＿

（此即您的會員編號，為日後購書優惠之電腦帳號，敬請如實填寫）

◆ **E-Mail：**＿＿＿＿＿＿＿＿＿＿＿＿　電話：＿＿＿＿＿＿＿＿

◆ **住址：**＿＿＿＿＿＿＿＿＿＿＿＿＿＿＿＿＿＿＿＿＿

◆ **學歷：**□高中及以下　□專科或大學　□研究所以上

◆ **職業：**□學生　□資訊　□製造　□行銷　□服務　□金融
□傳播　□公教　□軍警　□自由　□家管　□其他

◆ **閱讀嗜好：**□兩性　□心理　□勵志　□傳記　□文學　□健康
□財經　□企管　□行銷　□休閒　□小說　□其他

◆ **您平均一年購書：**□5本以下　□5~10本　□10~20本
□20~30本　□30本以上

(以下1~4項請詳細填寫)

◆ **1. 購買此書的金額：**＿＿＿＿＿＿＿＿　◆ **2 購自：**＿＿＿＿＿＿＿市(縣)

□連鎖書店　□一般書局　□量販店　□超商　□書展
□郵購　□網路訂購　□其他

◆ **3. 您購買此書的原因：**□書名　□作者　□內容　□封面
□版面設計　□其他

◆ **4. 建議改進：**□內容　□封面　□版面設計　□其他

您的建議：